Daniel Sebastian Lange

Hinter dir steht eine Blumenvase

www.verlag-texthandwerk.de

Der Autor
Daniel Sebastian Lange – ein Pseudonym – ist ein junger Europäer, der durch sein Kulturstudium das Schreiben entdeckte. Neben seinem Beruf ist er in der Kleinkunstszene Westösterreichs tätig.

Dem Leben gewidmet.

Daniel Sebastian Lange

Hinter dir steht eine Blumenvase

© 2019 Daniel Sebastian Lange

Covergestaltung:

Andreas Widmann (anwi_draws auf Instagram)

Lektorat: Maria Al-Mana, texthandwerkerin.de

www.verlag-texthandwerk.de

Verlag Texthandwerk, Kanalstraße 6, 50259 Pulheim

ISBN
978-3-7482-7864-1 (Paperback)
978-3-7482-7865-8 (Hardcover)
978-3-7482-7866-5 (e-Book)

Druck und Herstellung: tredition GmbH, Hamburg

Inhalt

1.

Sah ein Knab ein' Zögling stehn

Eigentlich hatte der Abend ganz harmlos und unschuldig begonnen. Ein Gläschen hier, ein Schlückchen dort. Dann war da ein großes Schwarzes Loch und plötzlich lag morgens ein nackter Zögling neben mir.

Das könnte man als – hm – Erfolg bezeichnen, wenn man weitere kontextuelle Informationen ausblendet. Ich, 29, Doktorand, lebe vom Stipendium, zurzeit eben *low on cash*, gescheiterte Künstlerseele und das jüngste von drei Kindern – sprich, ich bin eine *attention whore*. Nicht zu vergessen, dieser Zögling war 18. Noch mal zum Wiederholen: achtzehn. Maturant – oder für die deutschen Genossen: Abiturient. Fun Fact: Ich könnte seit mehreren Jahren sein Englischlehrer sein. Dazu sage ich nur mal *la-di-da*, ich bin auch nur ein Mensch, und meine Moral lässt sich wunderbar ertränken. Und das immer wieder aufs Neue.

Zusammenfassend könnte man sagen, dass ich dieses Jahr – zum Glück geht es bald zu Ende (dann setzt man bekanntlich sich und seine Geschichte neu auf #Neujahrsvorsätzefail) – von einem zum anderen Altersende fast zwei Dekaden erreicht habe. Ja genau, 18 bis 29X, also nahezu die letzte Station der „29", wenn Sie wissen, was ich meine. Bubi bis Grufti. Das ist eine schön offene Spanne. Die Altersabstände dazwischen folgen keinem genauen Muster, dennoch sagen wir, dass der Schwerpunkt in der zweiten Hälfte der Spanne liegt. Die Partizipierenden von Spanne 1 waren ja auch nicht so *mind* – wie das meine liebenswert-zynische Nachbarin nennen würde. Hier an dieser Stelle sei ihr auch gleich ein Gruß ausgerichtet.

Ich bin mir nicht sicher, ob man diese Spanne mit Stolz betiteln und betrachten darf. Und NEIN, um Himmelswillen, das waren nicht immer Bettgeschichten oder wilde Nächte. Da war auch einiges mit Hoffnung und Wunsch auf Stabilität dabei – Sehnsucht und das Gefühl Ich-bin-noch-wach-im-Bett-und-hoffe-auf-deine-letzte-Gutenachtmitteilung. Menschlich eben. Zuneigung von Menschen, die „etwas" auslösen. Es waren auch nicht so viele, dass ich sie nicht mehr zählen könnte. Mittelpunktskind, ja. Wilde Partyhure, nein.

Sie sehen, es geht etwas chaotisch zu hier oben: Ich heiße Sie herzlich willkommen in meiner Welt. Oder eben in meinem Kopf. Wo ist die obligatorische Willkommenstrompete samt Paarbecken-Zirkustrommel-Äffchen? Ah, ja, sie spielen auf Befehl, das ist wunderbar. Hier ist es schon etwas bunt und mitunter auch laut. Meistens entscheide ich mich dafür, noch mehr Farbe zuzulassen. Denn *campy* geht immer. Ja, danke genug der Musik, ich muss davon nur schreien. Pssscht! – PSCHT! Gut. Naja, zurück zum Ausgangspunkt, was geschieht jetzt? Was ist das für 1 Leben? Haha, ja hip bin ich auch – nicht.

Gut. Also Konzentration.

Na, ich liege immer noch neben Zögling – ich habe ihn nun so getauft, denn sein Name ist mir entfallen –, der mittels seiner Schnarcherei einen ganzen Wald absägen könnte. Und ich bin einfach wach. Wach, wach, wach. Lesen Sie das bitte in absteigender Tonhöhe. Dann wird mein Inneres etwas deutlicher. Jetzt aber wirklich: Ich liege hier nackt in einem fremden Haus, neben mir fremder Zögling, restalkoholisiert von gestern, Kopfschmerzen kündigen sich Schritt für Schritt an und der Wasserdurst steigt. Simpel ausgedrückt: Faktorenkomplexionen, deren Aufeinanderwirken mein Biosystem ein bisschen rotieren lassen. Ich muss vermerken: Das ist nicht der erste Restrausch dieser Woche. Die Weihnachtszeit, Sie wissen es bestimmt, animiert ja förmlich und unförmlich dazu, Geld in Alkoholika zu investieren. Ja, da passieren schon sonderbare Sachen in meinem Leben. Wissen Sie, was beim Nachdenken hilft? Brusthaare kratzen und kraulen. Meine lieben Leserinnen, Sie können das nicht so nachvollziehen, dennoch hoffe ich auf Verständnis dieser männerspezifischen Verhaltensweise.

Also: Nachdenkprozess gestartet. Wo fang ich an?

Nun ja, ich könnte mal darüber sinnen, was ich denn weiter mit meinem Leben machen sollte. *Uuhuhuhuuu* ... Eine große Frage für einen großen Morgen. Der dieser nicht ist. Kleinere Fragen, simplerer Morgen: Was ist denn gestern passiert und was kann ich daraus lernen? Hm, ja, wieso nicht? Wissen Sie, ich bin doch recht reflektiert – das kann schon mal anstrengend, und *hi ha ho*, auch gut für die eigene Mensch-entwicklung sein. Deshalb lässt sich die ganze Geschichte damit starten, dass ich den gestrigen, anfangs harmlos-unschuldigen Abend Revue passieren lasse.

Ich war auf einer 30er-Geburtstagsfeier eingeladen. Wohlgemerkt: Ich hatte drei Tage zuvor bereits eine Weihnachtsfeier und zwei weitere Geburtstagsfeiern beehrt. Summa summarum, eben eine eingerauschte Woche, die mindestens eine Woche zum Ausrauschen beansprucht – genau das wird allerdings nicht passieren. Denn wie Sie wissen: Es weihnachtet sehr. Gut, ich kam mit dem Zug etwas verfrüht an. Meine 30er-Freundin lud mich in ihre Wohnung ein, die sie mit ihrem Göttergatten teilt, ich konnte dort nächtigen. Der Partyabend stand im Zeichen je eines individuellen Partymottos. Sprich, jeder Partygast hatte ein eigenes Partythema erhalten, das er oder sie umsetzen sollte. So gab es *Wild Wild West*, *Disco Fever*, Piraten, sexy Krankenschwestern und, mein Motto eben, *Bad Taste*. Sie denken, nichts leichter als das? Mein schlechter Geschmack sollte dennoch etwas Stil beweisen. So hatte ich mir eine Leggins gekauft, die am rechten Oberschenkel ein Einhorn und am linken Oberschenkel einen *Cyber-Space-T-Rex* hatte. Das Weltall diente den beiden Figuren als mit Farben spielender Hintergrund. Ach, man vergesse nicht meine güldene Unterhose, die natürlich über der Leggings getragen wurde – antiquiert trifft auf *fancy shmansy*! So würde ich das mal beschreiben. Obenrum eine Punkfrisur, etwas Glitzer im Gesicht, schrilles T-Shirt, *et voilà,* mein Kostüm war fertig.

Die Party fand im Vereinslokal der örtlichen Musikkapelle statt. Es wurde prächtig aufgetischt: Alkohol in Unmengen, Kuchen in allen Variationen, Gulaschsuppe zu späterer Stunde und natürlich Partyfressalien in Form von chemisch schmeckenden Käsebällchen und Chipsallerlei. Der Abend begann sich fortzuschreiten und Sie kennen das gewiss: hier ein Plausch, dort ein Plausch. Menschen willkommenküssen, weil man sich Monate nicht gesehen hat, updates zum Arbeits- und Beziehungsstatus, Posen für ein Foto, noch ein Getränk holen und so weiter.

Zögling war da schon Teil der Partymasse, jedoch nicht auf meinem Schirm. Ich sage es Ihnen nun: 18-Jährige sind nicht mein Beuteschema. Punkt. Aus. Amen.

Nach der fünften Wiederholung der gängigen Partyaktivitäten ging es erst richtig los. Die Schwester des Geburtstagskinds und ich hatten eine Quiz-Show vorbereitet, die eine Überraschung sein sollte. So sprachen wir vor dem Partysaal über letzte Details und baten Zögling darum, die vor Glitzer schreiende „Einzugsmusik" voll aufzudrehen, damit unsere Show beginnen konnte. Gefügig managte Zögling auch die Punktevergabe der Quizshow mit – Gott sei Dank hatten wir eine zusätzliche Hand, ansonsten hätte das Quiz-Duo wahrscheinlich den Überblick verloren. Spiel zu Ende, die Tumla-Trophy wurde der Siegerin überreicht und gleichsam bekam die Quizshow damit was von einem biennalen Event, das künftig vom Sieger gehostet werden muss. Man will ja auch mal zum Zug kommen und selbst eine Trophy gewinnen ...

Jetzt eine Zigarette und einen Drink. Montenegro bot sich an. Jacke anziehen, sonst wird man krank, sagt meine Mutter und raus an die frische Luft. Ah, eine Zigarette danach kann immer was. Es kamen weitere Menschen dazu, wir tratschten über den Show-Verlauf – und eben auch Zögling trat heran, der mir den Montenegro über meine Jacke goss. Ein Versehen. Ich – ganz ruhig – sagte so was wie, dass das uncool sei und dann war auch noch Montenegro auf meiner Zigarette. Ich habe ihm eine frische geschenkt und kein Danke gehört.

Blablabla, ich hörte mich selbst die Predigten meiner Mutter wiederholen. Welch' Schmach, die ich im „Streitgespräch" mit Zögling vertuschte. Das sei ihm im Rausch verziehen, jedoch war sein Verhalten einfach uncool. Zögling sollte sich fassen. Zögling hatte das verstanden.

Ich ging wieder rein. Währenddessen – ich erhielt alle Infos retrospektiv – regte sich Zögling über mein

Verhalten auf, was ich mir da erlaubt hätte. Seine Neugierde wehte ihn jedoch wieder in den Partyraum. Ich zeigte ihm die kalte Schulter, da ich schlicht kein Interesse an ihm hatte. Hallo? Wo hätte ich mit ihm hinsollen? Diese Frage wird noch beantwortet.

Gut, während ich manche Partygäste samt aufsetzbarem Rentiergeweih inklusive Bimmelglöckchen weiter belustigte, schwänzelte Zögling in meiner Nähe rum und wollte, dass ich mit ihm nochmals rauchen gehe. „Ja, ich komm ja mit. Lass uns zuerst noch einen Monte holen, dann gehen wir raus."

Während der Getränkeorganisation kam dann das große Geständnis: „Ich bin bisexuell." Das Geburtstagskind wüsste Bescheid und eben jetzt ich, worauf ich antwortete, dass wir dann zu dritt auf seine Sexualität anstoßen müssten. Gesagt, getan, raus, Zigarette zu zweit. Leicht torkelnder Zögling kam meinem inzwischen stark betrunkenem Selbst näher. Zugegebenermaßen, er konnte flirten. Und küssen. Wild! Jedoch hatte er noch nicht sein offizielles Coming-Out gehabt. Er schlug vor, dass wir ums Eck gehen, um dort in aller Ruhe unseren Kusstrieben nachkommen sollten. Also runter und weiter im Programm. Ich hörte, wie andere Menschen zum Rauchen rauskamen. Sie waren ruhig. Verdammt ruhig. Dann kam es mir. Die hörten uns nicht sprechen. Denn sie lauschten nur den klingenden Glöckchen meines leihweise aufgesetzten Geweihs. Also Kopfschmuck ab. Ab jetzt war alles nur mehr Wurst. Darum hieß es: Ab zurück zur Partymeute! Zögling wurde zum Wassertrinken geschickt. Die Party, es war etwa drei Uhr, ging auch langsam zu Ende und ich half beim Aufräumen. Inzwischen gab es Zögling-Breaks – die von den anderen Partygästen im Pop-Corn-Modus von hinter den Vorhängen aus beobachtet wurden. Da erklang Gelächter vom Feinsten – so wie kleine Schulmädchen, die in der letzten Schulbankreihe kichern.

Vier Uhr. Die Party löste sich auf. Ich sagte Zögling, dass er nach Hause fahren solle, aber er wollte die Nacht mit mir verbringen. Nun gut, darauf ließ ich mich ein. Meine Moral war gekentert – es war nur noch das nervös-wackelnde Steuerruder am Ende des Rumpfs zu erkennen. Unser Schlafplatz wurde gefunden, im elterlichen Haus des Geburtstagskinds. Ihre Schwester wies uns kurz noch ein und fragte: „Brauchst du *sicherlich* sonst nichts mehr?" Sie wissen, von was sie sprach. „Nochmals nein, das passt schon." Okay, ich ging ins Zimmer, Zögling war bereits nackt.

Ich erspare Ihnen die Details und zitiere Madonna: „*I prefer young men. They don't know what they do but they do it all night long.*" Naja, Zögling wollte noch mehr. Er hätte das noch nie so gemacht, fühle sich sicher und wolle unbedingt *etcetera etcetera*. Meine Moral kam just in diesem Moment aus der Versenkung hervor, wirbelte wie ein *Skydancer* vor meinem mentalen Auge, hielt mir ein Stopp-Schild vors Gesicht, brüllte mir „Vernunft bewahren!" ins Ohr und hatte damit natürlich recht. Zögling sollte dieses Erlebnis mit jemandem teilen, der ihm was bedeutete. Sie kennen die Leier? Eben. Das große Jammern kam aus meinen Lenden, aber es war eine gute, die richtige Entscheidung. Daher musste jetzt geschlafen werden, denn ansonsten hätte noch ein Unfall passieren können.

Sie erinnern sich an den Beginn dieses Kapitels? Zögling schnarchte. Schlafen fand für mich nicht statt. Dennoch, ein entzückender Bengel! Bis dahin wusste ich immer noch nichts von seinem Alter und seiner ... schülerischen Profession. Nun ja.

Die Frage, die ich mir hier im Liegen nun wieder stelle, ist: Was habe ich daraus gelernt? Denn man kann ja immer etwas lernen. Sagt der Optimist in mir. So bin ich der Meinung, dass ich am besten ehrlich und mit offenem Herzen durch das Leben gehen sollte und dann werden mir prinzipiell nur „gute Dinge" passieren. Das bringt natürlich mit sich, dass man öfter als gewollt auf die Schnauze fallen kann. Oder jemand fällt einem in den Rücken. Oder auch beides. Also, liebes Leben, was willst du mir nun sagen? Spontan kommen mir da Einsichten wie: Die Liebe ist ein komisches Spiel. Hm! Oder: Trieben soll man nachkommen. Blödsinn! Vielleicht: Lebe den Moment. Oh, ein Klassiker unter den Lebensweisheiten der Generation Y. Dennoch: Ich genoss die Zuneigung, die unschuldige

Kraft, die aus Zöglings Umarmung auf mich überging. Eine jugendhafte Gunst, die mir wirklich wohltat. Dieses Kindlich-Ehrliche, das noch nicht durch große Liebesenttäuschungen vernichtet wurde. Ich sog es auf. Wie konnte ich da Nein sagen? Ich fühlte mich wie eine Blume, die gegossen wurde. Nein, nicht so! Sondern mit positiver Energie. Wissen Sie, was ich meine? Hätte ich dem nicht nachgeben sollen? Es etwa bereuen? Nein – wenn es auch irgendwo falsch war. Wieso sollte ich einer Sache widerstehen, die mir Kraft gibt?

Sie sehen, ich steckte in einer Zwickmühle aus vernünftigen und moralischen Fragen. Und kam auf keinen grünen Zweig.

Indessen stupste ich Zögling wach, schaute in seine Augen, bekam einen Kuss, er wünschte mir einen guten Morgen. So bittersüß. Oh, Zöglein auf der Weide ... Irgendwo war ich mir im Klaren darüber, dass das Ganze schon jetzt ein Ende hatte, wenn es auch schön und angenehm in dieser Seifenblase war. Mein Fluchtinstinkt wurde wach und ich wollte raus aus dem Bett. Raus, Luft und den Moment kaputtmachen, weil das alles auf Dauer mehr Schaden als Freude bereiten würde.

„Zögling, ich gehe auf Nahrungssuche."

„Passt." Ein Kuss.

Ich brauchte Wasser und Ablenkung.

Oh liebes Universum, noch kann ich keinen Sinn aus dieser Episode ziehen, eher ein gewisses Maß an Unwohlsein über meine Entscheidung. Klar, ich kann sagen, ich habe gelernt, dass ich meine Finger von Zöglingen nehmen muss. Das ist mir bewusst. Das war mir auch bis dato noch nie passiert. Ich wusste ja bis zum Frühstück noch gar nicht, wie alt Zögling denn wirklich war. Ach. Freilich denke ich noch an diesen unschuldigen Moment zurück. Er war schön. Er war wahr. Er war da. Ich habe *Ja* zum Leben gesagt. Und Leben hat mich mit seiner Keule aus dem Bett geschlagen, mein Herz kurz aus der Brust gerissen und es vermöbelt wieder returniert.

2.
Ado(n't)nis

Inzwischen ist es Dienstag geworden. Ich musste meinen Aufenthalt verlängern, da der Kater am Sonntagmorgen schlimm war. Und ich musste das alles erst mal verarbeiten. Mit *das* meine ich Zögling. Das Geburtstagskind hat montags immer frei, somit war eine Aufenthaltsverlängerung kein Problem.

Nun ist es Abend und ich sitze im Zug retour ins elterliche Haus. Der weihnachtliche Familienzauber steht vor der Tür. Sie kennen das bestimmt. Es muss alles perfekt sein: Essen, Klamotten, die Gespräche und so weiter. Natürlich ist die Realität meist das komplette Gegenteil. Tja ja! Aber noch bin ich nicht dort. Demnach sollte ich die Zeit nutzen. Jetzt.

Hm, Zugfahrten eignen sich perfekt zum Gedankenschweifenlassen. Man blickt durch das Fenster, sieht Landschaften vorbeiziehen und so, wie die Gedanken gekommen sind, gehen sie auch wieder. Manche bleiben erhalten, manche kommen genau in diesem Moment zurück. Aus Spanne 1 meines Lebens hat sich dann tatsächlich doch noch jemand gemeldet: ein von anderen als Adonis betitelter Mensch mit Gwen-Stefani-Haarfarbe, Vegetarierattitüden und Ich-sehe-und-erkenne-den-Weltschmerz-Blick auf Facebook-schwarz-weißen Profilfotos. Und dennoch eine Augenweide.

Per Zufall hatte ich seine Nummer über eine Ecke erhalten. Ich hatte ihm natürlich nicht geschrieben, da ich dachte, er sei in einer Beziehung. Die Nummer war sozusagen ein kleines, dreckiges Geheimnis, das er nicht kannte, das mir aber jederzeit die Möglichkeit geben konnte, ihn doch aus seiner Beziehung zu locken. Aber: falsch gedacht! Meine Gedankenspielereien waren umsonst – er war Single! Ich fragte mich, wie ich das bloß einfädeln sollte. Hm. Manchmal muss man etwas wagen und über den eigenen Schatten springen. Sich doch trauen, das zu tun, was man wirklich tun will. Auch, wenn man sich damit etwas entblößt. Ich wollte ihm sagen, dass ich ihn sehen mochte: eine Art Kampfansage, doch mit einem gewissen, süßen Touch.

Die Idee brannte bereits in mir. Sollte ich sie nun verbraten? Okay. Zettel organisiert, Stifte ebenso. Beat-lastige und leicht zum Date auffordernde Musik, check. Okay.

Ich begann, auf dem ersten Zettel was zu schreiben. Hm. Ganz easy beginnen mit „Hey!" Nächster Zettel.

„Hm, wie fahre ich fort?", überlegte ich.

„Du wirst dich sicher über dieses Video wundern." Perfekt.

Verstehen Sie? Auf jeden Zettel schrieb ich neue, kleine Nachrichten, die ihn zum Date überreden sollten. Ich nahm ein Video auf und legte Zettel für Zettel ins Bild – im Hintergrund die gewählte Musik. Und zack, das Video war gedreht.

Sie können sich gar nicht vorstellen, wie aufgeregt ich war, als ich das Video per Message lossendete. Stellen Sie sich vor, ein Fremder schickt Ihnen plötzlich ein Date-Video. Naja, er „kannte" mich, besser gesagt: Er konnte meinen Namen meinem Körper zuordnen, aber wir haben kaum je miteinander gesprochen. Und dann empfangen Sie so ein Video? Schon etwas unheimlich, oder? Ich hielt es allerdings für eine großartige Idee und dachte mir: „Sei, wie du bist." Und ansonsten war es immerhin ein toller Bastelabend.

Zwei blaue Häkchen erschienen auf dem Monitor.

GRUND – LOS PANIK!

Hirn begann zu rasen und sah die Realität einbrechen. Meine Idee wurde sozusagen an den Beinen gepackt, kopfüber durchgeschüttelt und nebenbei von *Doctor Evil* ausgelacht. Obwohl eigentlich alles kopfstand, fiel mir Herz vom vierten Stock in den Keller runter. Nun denn, meine Idee fand ich gar nicht mehr so toll. Ich suchte schon mal den Kellerschlüssel, der müsste da irgendwo rumliegen. Ich Vollspast – nach zehn Minuten immer noch keine Reaktion. Das war wohl ein Schuss in den Ofen, Herrschaftszeiten – ah! Moment! *Halleluja*! Eine Zusage zu einem Picknick kam. Ich war überglücklich und erleichtert. Holte Herz wieder hoch, tätschelte und beruhigte es kurz. Herz tupfte mir die Stirn ab. Dann sprang es inklusive gemeinsamem Handschlag wieder an Ort und Stelle.

Adonis und ich schrieben etwas hin und her, jedoch gab es terminliche Kollisionen, da sich gerade die Osterfeiertage anbahnten ... so viel zum Thema alle *Drei Heiligen Zeiten* ... waren wir beide familiär eingespannt und entschieden uns, unser Date nach hinten – höhö, *pardon* – zu verschieben. Zusätzlich schickten wir uns jeden Tag zur Prime-Time einen Song, der uns gefiel. Zusätzlich versahen wir die Songs mit ein paar Zeilen, um uns sozusagen noch auf andere Art digital näherzukommen und die Wartezeit zu verkürzen. Zugegebenermaßen schon eine tolle Kennenlernidee meinerseits, finden Sie nicht?

Schließlich kam der große Picknicktag und, klarerweise, regnete es in Strömen. Dennoch fand Adonis eine Lösung: Picknick in der Wohnung. Es war – Zitat: „tatsächelich entzückelich". Zwischen Grünzeug, das in seinem Zimmer stand, und vegetarischen Fressalien wurde über alles gequatscht. Die Prime-Time-Songs bildeten die Playlist (*smart move* seinerseits, das muss ich zugeben) und man kam sich näher – bis ich mich doch zur Übernachtung überreden ließ.

Nein, in dieser Story wird es nicht um Sexdetails gehen. Ich war wirklich von Beginn an verliebt. Ich empfand eine gewisse Verbindung, intellektuell und auch im Lachen, ein elektrisches Gefühl. Ich konnte es bitzeln hören. Britzeln fände ich als Verb noch etwas lautmalerischer. So dieses *brrzbrzlbrbrbzl*. Hören Sie es? Ich mag britzeln. Da war viel Zauber in der Luft, den ich spüren konnte. Sie hätten mich am Folgetag erleben sollen: Ich traf eine gute Freundin. Ihr fiel mein Strahlen so auf, dass sogar unsere Konversation davon beeinträchtigt wurde. Ganz kurz gefasst: Ich war in ein Fass Liebe gefallen.

Jetzt spule ich mal einen knappen Monat vorwärts. Nahezu jeden Tag wurde etwas zu zweit unternommen. Nun schreiben wir Juni 2017. Gegenwärtig sitzen wir in einem Café, denn irgendwie scheint es zwischen uns seit einer Woche so richtig zu hängen und man wollte sprechen. Er hatte mich mit folgenden Worten auf das Gespräch vorbereitet: „Ich muss mal mit dir reden." Man kennt das Resultat solcher Talks.

Die Konversation verlief (in etwa) so:

„Hm, ich glaube, dass wir das so nicht weiterführen sollten."

Patsch! „Wie, was? Ich versteh' das nicht."

„Ja, ich kann es auch nicht sagen. Oder dir mehr als eine fadenscheinige Antwort darauf geben, dass ich einfach nicht kann."

„Ich bin jetzt etwas sprachlos, denn vor zwei Wochen war das doch noch komplett anders und ...“

„Ja, deswegen sage ich ja fadenscheinig. Ich spüre es jetzt nicht mehr und es ist dann irgendwie blöd, so weiterzumachen. Ich kann es mir auch nicht erklären.“

„Ah, äh, ja ich bin etwas überfordert, mir scheint es auch etwas schleierhaft, ja, und so plötzlich und weiß gerade nicht, wie ich damit umgehen soll. Ich trink mal etwas Wasser. Und Kaffee.“

„Ich möchte aber trotzdem sagen, dass ich dir nicht wehtun will, aber ...“

„Dann war es einfach halt nicht ich. Und umgekehrt, einfach nicht du. Das ist ja noch kein Kollateralschaden und wir wollten doch nicht heiraten und haben keine gemeinsame Wohnung gekauft. Wir bereden das jetzt einfach wie erwachsene Menschen. Es ist gut, dass du über deine Sichtweise sprichst und nicht dich und mich belügst. Sonst hätten wir beim Kauf einer Hauskatze noch einen Rosenkrieg begonnen. Haha, muss etwas darüber lachen. Eine Verlegenheitslache.“

Ich glaubte mir ja selber kein Wort von dem, was ich da sagte. Dennoch, Memo an mich: Wieso kommentiere ich mich immer selbst? Das hätte jetzt nicht sein müssen. *Remember: Always watch your face. Always watch your gait.*

„Ich möchte jetzt nicht im Streit und in dieser komischen Stimmung auseinandergehen. Lass und doch noch über was anderes quatschen.“

„Aha, ja, keine Ahnung, ob ich das will oder ob mir das guttut. Ich bin immer noch etwas fassungslos und vor den Kopf gestoßen. Aber lass es uns doch probieren."

„Okay, ja, hast du schon das vom Verein gesehen? Die suchen noch Leute für die neue Produktion. Ich werde da wohl nicht mitmachen und besser meine Abschlussarbeit weiterschreiben."

„Ja, ich wollte da mitmachen, das hat mich schon interessiert, das Thema klingt spannend und ich bin da ja auch irgendwie involviert, denke ich mal ..."

Halt.

Nein.

Stopp.

„Hör mal, ich kann das nicht. Das ist mir zu viel. Ich muss aufstehen und gehen. Es tut mir leid, ich bin mit der Gesamtsituation überfordert, ich brauche jetzt Zeit und Raum für mich. Ich lasse dir das Geld hier. Ich muss gehen."

„Ja, schau auf dich. Mach keinen Blödsinn!"

Trottel, bin ich im pubertierenden Alter?!

„Nein nein, jetzt komm, so was brauchst du mir nicht zu sagen. Ciao!"

„Ciao."

Herz war gleich zu Beginn der Konversation durch das rechte, rote, kurze Hosenbein herausgefallen. Doch als ich losgegangen war, blieb Herz noch dort liegen und hielt sich an Adonis' Bein fest. Herz zerrte an jedem Strang, sodass ich das Café nicht schneller verlassen konnte. Wie Sie wissen, sind Herzstränge nicht sonderlich lang; meine maßen aber damals mindestens 20 Meter. Verdammte Genmanipulation! Also blieb mir nichts weiter übrig, als kräftig zu ziehen. Ich schliff Herz, das unaufhörlich jammerte, über den Gehsteig, die Straße und den Fußgängerübergang, zerrte es durch Hundekacke und Scherben, Zigarettenstummel und angedrückte Kaugummis. Das verdammte Ding! Ich bewarf Herz mit einem Ziegelstein und einem Konzertflügel, damit es sich nicht weiter festhielt und endlich nachgab. Aber ich bin kein sonderlich guter Werfer, so kam es mit dem Schrecken davon. Ja, und abschneiden konnte ich das gute Ding ja auch nicht. Aber es davon zu überzeugen, nicht dort zu bleiben, naja, wie Sie gerade beschrieben bekommen haben: ein ziemlich schwieriges Unterfangen!

Ich kam beim Probelokal an – ich war gerade mitten in eine Theaterproduktion verwickelt – Herz war noch rund einen Block entfernt. Es schrie: „Nein, nein! Das ist die falsche Richtung. Dort zurück! Komm schon!"

Hirn meldete sich just in diesem Moment: „Zieh am Strang. Hol es jetzt ein. Das ist keine Umgebung für Herz."

Vollkommen richtig!

Magen meinte darauf: „Das wird mir hier noch schwer rumliegen."

Worauf Lunge reagierte: „Teer sei Dank, nicht wahr?"

Leber drückte noch letzte Reste aus sich raus und kommentierte die Situation wie folgt: „I am ready."

Ich zog durch das Stimmenwirrwarr, das weiter anhielt, Herz heran (hier nur ein Auszug, es gab viel zu besprechen ... Hirn zu Geschlechtsorgan: „Welche Troststrategie bereiten wir für demnächst vor?" Magen zu Hirn: „Eine Unterlage wäre fein, organisier das im Vorfeld." Oder Geschlechtsorgan zu Leber: „Also, wenn du nicht top mitmachst, dann steht da abends vermutlich gar nichts!"), Herz kam heran. Je näher es kam, umso lauter hörte ich Herz jammern, desto klarer konnte ich die Verletzungen sehen, die Herz auf seinem Weg abbekam. Es sah ziemlich mitgenommen aus für einen Zwölf-Minuten-Spaziergang. Ich hob es auf und machte das Gröbste weg.

„Nun husch, geh wieder an deinen Platz!"

Mein größter Fehler: Es bekam keine Behandlung. Ich ließ Herz verletzt nach Hause gehen, hatte es weder gepflegt noch aufgepäppelt. Jetzt konnte es nicht mehr raus. Es war samt all seiner Schmerzen in mir drinnen. Hirn sagte: „He, Herz hoch! Ado(n't)nis war's halt nicht. Das hast du doch selbst gesagt." Ja genau.

Glauben Sie immer an das, was Sie sagen? Oder was Ihnen Ihr Hirn sagt? PAH! Nicht in diesem Leben.

Herz ging es schlecht. Es packte seinen Verbandskasten aus und begann, sich selbst zu verarzten. Wissen Sie, wie oft sich ein Herz zusammenpuzzeln kann? Oder ab wann man schon präventiv damit beginnen sollte, Pflaster und Bandagen anzubringen, um für das nächste Malheur bereit zu sein? Verliebtheit, die Liebe und das ganze Drumherum bringen wirklich viele seltsame Dinge mit sich: Schmerzen, Verzweiflung, Hoffnung, Licht und Verletzlichkeit. Offenheit und Strahlen. Aber ich wundere mich wahrlich immer wieder darüber, dass ich – und damit Herz – dauernd wieder in so unvorhergesehene Fallgruben stürze.

Jetzt im Zug – Monate später – scheint es Herz wieder recht gut zu gehen, naja, abgesehen vom körperlichen Nähemangel zu Ado(n't)nis.

Glauben Sie noch an DIE große Liebe? Es wird einem ja immer von den Medien vorgegaukelt, dass es sie geben soll. Ich muss zugeben: Es gibt Tage, da kann und will ich nicht daran glauben. Diese Tage sind selten, aber es gibt sie. Und jetzt mal ein Vorschlag für alle Singles: Wie praktisch wären imaginäre Ampeln über dem Kopf einer Person: grün, *totally safe*, den kannst du daten, der mag was Ernstes UND man hat sogar viele Gemeinsamkeiten. Orange kann etwa bedeuten: Beeil dich! So wie auf der Straße, sonst könnte er gleich wieder weg sein. ODER eben, dass man sich schon nah an einer *Danger Zone* befindet, sprich: Man hat spärlichere Schnittstellen – werden die ausreichen? Nun ja, und rot sollte sich von selbst erklären. Wissen Sie aber was? Ich springe immer bei roten Ampelzeichen an. Positiv formuliert: Ich entscheide mich stets für das besondere Kirschgrün. Wissen Sie, ich kenne dieses Ampelsystem schon. Ich SEHE es jedes Mal, wenn ich dann wirklich jemanden kennenlerne. Und bei Rot müsste mein Menschenverstand doch sofort sagen: *Honey, don't*!

Ado(n't)nis hatte das rote Ampelzeichen. Magen war zu nervös und unsicher – dennoch renne ich Vollidiot bei Kirschgrün über die Straße. Ich sehe da ja schon fast ein Verhaltensmuster ... Oder vielmehr „Date-Muster"?

Kann ich mein Geschmacks-Muster irgendwie erfolgreich ändern? Wie kann ich denn Herz davor bewahren, nicht noch maroder zu werden, bevor es viel zu früh den Geist aufgibt oder sich in eine Salzsäule verwandelt?

Ich betitele diese Gedanken mit „Projekt Intervention Herzkollateralschadensvermeidung". Was könnte da ein Lösungsweg sein? Lebe deinen Einsiedler! Also, öhm, eben allein und ohne Menschenkontakt. Das würde ich nicht aushalten. Ein Erste-Herz-Kurs! Ach, den müsste ich wahrscheinlich aufgrund meiner Expertise leiten.

Es scheint ausweglos und dennoch richtig, an das bisher Gelebte zu glauben und sich die Frage „warum nicht?" viel häufiger als die Frage „warum?" zu stellen.

Zusammengefasst: Ich möchte kein Mitleid erregen, nein niemals! Ich habe meine Entscheidungen ja selbst getroffen. Die waren auch von guten Intentionen gestützt. Dennoch scheint mir verborgen zu bleiben, wie ich Herz in Zukunft weniger belasten könnte. War das alles Dummheit? Nein, das habe ich ja schon ausdiskutiert. Hm, Wagemut? Vielleicht.

Die Zugwaggons rattern rhythmisch. *To-to-to-tom. To-to-to-tom.* Bäume und Häuser ziehen vorbei. Ich platziere Ado(n't)nis in eins der Häuser, weit oben auf dem Berg, schließe Türen und Fenster und werfe den Schlüssel ins Tal. Ja, du hast mich nun lang genug begleitet. Es ist an der Zeit, dass du dort bleibst. Ich habe gelitten, ich war am Verarzten. Ich lerne daraus, dass ich nichts falsch gemacht habe. Nichts. Gewisse Menschen sind einfach nicht zum Beziehung-Führen geschaffen. Eine bittere Lehre. Ich wollte zunächst Leere schreiben. Auch das wäre passend.

Aber nun ist Ado(n't)nis im Bergdorf. Das Haus finde ich nicht mehr, den Schlüssel sowieso nicht. Und falls ich das alte Bauernhaus nach einer gewissen Zeit doch wiederfinden sollte, werde ich seine vermoderte Leiche aufsuchen und selbstverständlich dort weitergammeln lassen. Ich sehe mich schon mit einer schelmischen Lache und ein Sofortbildfoto machend vor ihm stehen. Dieser Triumph ist gedanklich festgehalten.

3.

Olympisches

Wettkampf-Tinder-Dating

Ich muss bald aus- und umsteigen. *Sweet road to somewhere else ...* Inzwischen dämmert es schon und die Fenster strahlen Kälte ab. Ich male eine Sonne an das von mir angehauchte Fenster – mit Gesicht, versteht sich. Ich male der Sonne noch eine Sonne daneben, damit sie nicht so allein oder gar einsam ist. Klar, das sind immer wieder mal Themen. In jedem Menschenleben: das Alleinsein, das Einsamsein.

Einsamsein ist nicht immer was Schlechtes, gerade, wenn man eine Liebschaft frisch hinter sich gebracht hat. Alle guten Ratschläge wettern in die Richtung, dass man sich anderen Menschen oder jenem Menschen wieder zuwenden sollte, aber das macht einfach keinen Sinn. Wäre allenfalls Flucht vor der Angst, niemanden neben sich im Bett zu haben – und eben nur eine weitere Bettgeschichte. Oder doch was anderes? Bevor man mit sich selbst nicht im Reinen ist, macht das alles keinen Sinn. Nun ja. Ich höre mich an, als ob ich die Klugheit in Person wäre und esslöffelweise Hirn verputzt hätte. Pfff, ich habe mehrfach alte Suppen aufgewärmt; manchmal sogar eine Gulaschsuppe (die ist aufgewärmt immer besser als beim ersten Mal), aber auf Dauer gärt das alles schlecht im Magen.

Ich habe mir dann geschworen, diesmal lasse ich mir Zeit. Das tat ich dann auch. Aber nachdem ich mit A-do(n't)nis meinen Frieden gefunden hatte, wollte ich wieder ins Feld! Als Mann Ende 20 ohne fixe Anstellung und kommenden Studienabschluss in einer mittleren Mini-Metropole ist es nicht so leicht, neue Bekanntschaften oder gar Liebschaften zu finden – zumal ich auch etwas eitel bin. Für solche Fälle gibt es die Möglichkeit, sich über digitale Portale diverser Art – manche etwas perverser als erwünscht – zu präsentieren. Möge es Tinder sein. Ein Profil mit netten Fotos von mir und ein paar ebenfalls nette Zeilen über mich darunter. Fertig. Dann kann's ja losgehen.

Ich bin etwas wählerisch und – wie gesagt: Ich habe aus alten Beziehungen und Liebschaften gelernt. Damit scheiden (nur im alkoholisierten Zustand nicht) Wurzelmänner schon vorab aus. Und dennoch hatte ich Matches. Ja, ich! PLURAL! War dann auch schnell völlig reizüberflutet. Kennen Sie das? Mir kann es in solchen Momenten schon mal passieren, dass ich auf dem Boden liege, alle Extremitäten herumwirble und „REIZÜBERFLUTUNG!" schreie. Das glauben Sie mir jetzt vermutlich nicht, aber ich mach das wirklich. Wäre ich 20 Jahre jünger, würde man bei mir womöglich ADHS diagnostizieren.

Zurück zu möglichen Dates: Ich kann mich nicht auf mehrere Menschen gleichzeitig einlassen, nein, das geht nicht. Oder etwa doch? Oh ja, es geht. Wissen

Sie, was das Schwierigste an der Sache ist? Den Überblick zu bewahren: Was habe ich wem schon geschrieben? Es wurde zeitweise peinlich, als dieses Jonglieren
aufgeflogen ist.

Nun ja, vom Schreiben allein hat ja noch keine Beziehung tatsächlich angefangen, und – glauben Sie mir
– den Mut zu haben, sich wirklich am nächsten Tag
auch zu treffen, den haben die wenigsten. Zuerst wollen die dann noch die Nummer oder das Insta-Profil
sehen (oh Gott, ja, ich bin DOCH etwas hip, meine
Nichte schämt sich für mein Profil dort: „Du bist so
peinlich, du verwendest ja Hashtags." – Ich, 29, im
Zenit meines Lebens. Sie, 15, meine herzallerliebste
Nichte, die mir gerade ins Gesicht sagte, wie altmodisch ich sei.)

Und dann lasse ich mir einen Nummernaustausch
aufreden, nur weil ein Typ sagt: „He   n hätte gern
deine Nummer, um deine Stimme zu h   n." Hm, das
finde ich super! Über die Stimme läs.   ich einiges
erkennen. Ich mag Stimmen. Aber einer.   ntaktaus-
tausch zu evozieren, um über ein anderes   rtal be-
langlosen Firlefanz zu bereden, naja.

Aber egal, ich stalke eigentlich jedes Tinder-L   e auf
die ein oder andere Weise – bestehende mö   he
Freundschaften machen es echt leicht, an weiter   o-
tos und Informationen über eine Person zu komm
Selbst jene Typen, die keine virtuelle Verbindung n
mir haben, sind stalkbar – es genügt ein Interesse, da

dort angegeben ist, ein Ort – beides kann ich gut zum Suchen verwenden.

Sie denken sich jetzt, der spinnt doch! Ganz ehrlich: Es stellen sich alle regelrecht perfekt in ihren Profilen dar. Lieber habe ich da die dreckigen, nicht perfekten Fotos, um ein kleines Stück dieser Person kennenzulernen. Und ich will einfach beim Blind-Date dann nicht denken müssen: „Da war mehr im Spiel als nur ein Filter, ein guter Fotowinkel." Sie sehen, ein gewisses Maß an gesunder Vorsicht ist nie falsch. Überraschungen sind ja ganz cool, böse Überraschungen möchte ich, soweit es geht, vermeiden. Und ja, ich habe das durch Versuch und Irrtum gelernt. Oder war es doch klassisches Konditioniert-Sein? Sie wissen schon? Das Experiment mit dem Hund. Wie auch immer ...

Ich möchte kurz beschreiben – ja, vielleicht auch humorisieren – wen oder was man da noch so findet, beziehungsweise, was Mann (ja, einmal pro Buch darf so ein Witz geschrieben werden) da so erlebt. Nein, in Gottes Namen, es wird nicht jeder davon den *roll call* verdienen, also gleich in den Tindercharts landen. Ich möchte Ihnen hier lediglich ein paar Spitzen aufzeigen.

Beginnen wir mit Kettenraucher, 23, Filialleiter eines Restaurants. Hört sich von den Grundzügen her wie jemand an, der weiß, was er macht, wohin er will, schon etwas an der Karriereleiter klettern konnte UND (zum Erben hervorragend) selbst ein Auto inklusive Erspartem hat. Er prahlt sogar damit! Naja, der Realitätskomet schlägt dann heftig ein: Er wohnt noch (aus verständlichen Gründen) im gleichen Haus wie seine Mutter (damit komme ich echt zurecht!) Jedoch hat er bisher noch niemals – lassen Sie es sich auf der Zunge zergehen – n i e m a l s seine eigene Küche in Betrieb genommen. Es bleibt für mich schleierhaft, wie man nicht selbst kochen kann. Nun ja, er wird ja bekocht, wann immer er dies befiehlt. Naja, bis 14 vielleicht nicht mehr, danach sollte man schon für sich selbst sorgen können. Bin ich da zu altmodisch?! Egal, *breathe*.

Ich habe die zweistündige Reise zu ihm bewusst auf mich genommen ... und habe dann Kettenraucher etwas aufgetischt, da wir hungrig waren und Mutti gerade nicht da war (Nudeln und schneller Thunfischsugo, das geht immer). Jedenfalls bin ich nach dem Kennenlernnachmittag mit dem Zug zurückgefahren. Wir haben uns dann noch einige Messages geschrieben, sogar Sprachaufnahmen. Es gab Dirty Talk und dann war Funkstille. Gerade, als ich das zweite Treffen organisieren wollte. Klassiker, nicht? Und dann kam nichts mehr bis auf: „Ich bin so sehr mit mir selbst beschäftigt." *Blabla* – sag es halt gleich, dass du wen gefunden hast, zu dem du nicht anderthalb Stunden mit dem Auto fahren musst. Aber lassen Sie es mich so formulieren: Er war nicht die hellste Kerze am Kuchen. Daher passt das schon. Ich brauche schon etwas Grips!

Aber keine Zeit, keine Zeit! Auf Tinder wartet schon der nächste Kandidat (das hört sich so wunderbar nach Herzblatt an – ich taste gerade mein Hirn etwas ab; *reality check completed*) – ein Bauingenieur, 28, etwas kleiner als ich und: Er arbeitet bereits, wohnt zudem in der gleichen Stadt wie ich, wunderbare Prämissen!

Die erste Schreiberei war nett und dann die Idee, einen gemeinsamen Kochabend zu verbringen. Fand ich eigentlich große Klasse – so haben wir *Coq au Vin* zubereitet – für uns beide das erste Mal, dass wir so was gekocht haben, und dann auch noch schmackhaft gelungen! Wir waren zufrieden. Einiges an Alkohol wurde konsumiert (er hat mir sogar *Old Fashioned* zubereitet, echt zuvorkommend. Ich feiere diesen Drink. Oje, da fällt mir auf: Memo an mich. Ich scheine doch altmodisch zu sein. Meine Nichte hat einfach recht!) Über vieles gesprochen: Arbeit, Leben, Ausbildung, Politik und Philosophie. Der Abend verflog. Es wurde Mitternacht, ich musste gehen, morgen standen Arbeitstermine an. Er hat mich sogar zum Bus begleitet, ich war recht aufgeregt – und habe ihn dann gefragt, ob ich ihm einen Abschiedskuss geben darf. Ich bekam ein Lachen und ein „Nein" zur Antwort. A-ha. Das Schreiben hatte dann noch Nachwehen. Ich glaube, er hat einen für sich interessanteren Typen gefunden, denn er hat die Kommunikation tröpfchenweise auslaufen lassen, wobei ich nachgehakt habe, was denn los sei. „Es hat nicht so gefunkt." Zitat Ende. Aber, soll ich

Ihnen was sagen? Das passt schon, ich mag tiefere Stimmen lieber als piepsige Tenöre.

Ticktock, ticktock, da wartet schon das nächste Match – Lehrer, 29, etwas älter als ich. *What you are waiting for?* Vernünftig, er hat ein Piercing und ein Rabentattoo – Voraussetzungen, die bei mir schneller ein Like provozieren. Es gab ein Date, das war nett. Gemütliches Beisammensein und dazu ein Getränk – echt ein nettes Kennenlernen. Das nächste Date bei mir Zuhause: Film schauen. Sie wissen, was das für ein Codewort ist? Naja, das haben wir nicht umgesetzt, es gab bloß ein schüchternes Kopf-an-die-Schulter-Legen und eben keinen Sex. Noch ein Date: Film – ein Abschiedskuss. Oh Mann, das zieht sich aber mit den Körperlichkeiten! Ich habe dann frech meine Hand auf seinen Hintern gelegt. Sie wurde während des Kusses leicht weggestrichen. Okay, nächstes Treffen, gemeinsames Pizzabacken. Es war immer süß mit ihm. Es war auch ein Knistern dabei. Nun, ich habe mich dazu entscheiden, am Ball zu bleiben, denn das mache ich so, wenn ich einen Menschen kennenlernen will. Dann kam das große Vertrösten – keine Zeit – viel los – Trubel – Arbeit – und so weiter und sofort. Genau, er, Pädagoge und Didaktiker, hat dann den erwachsenen Supergau eingeleitet und alles per – eigentlich der Moderne entsprechend – WhatsApp beendet. Ach, der wusste sowieso immer alles besser (Lehrersyndrom, Sie kennen das? Sagt einer, der selbst Lehrer ist – ich habe jedoch einer guten Freundin geschworen, dass sie mich vom Balkon werfen soll, falls ich zu so einer Person mutieren sollte), aber: Note für den sozialen Umgang mit Dates: 5. Nicht genügend. Setzen. Ich übertreibe natürlich – obwohl: Whatsapp fand ich wahrlich etwas rückgratlos.

Oh! Noch ein Match! *Social Media-Armageddon*! 24, arbeitet im Bankbackoffice. Ach, war das Schreiben unterhaltsam! Ich dachte mir, nun, der sollte wissen, wo er steht. Falsch gedacht. Er sprach beim Date nur von sich und stellte – ja, ich erinnere mich genau – zwei Gegenfragen: „Was machst du eigentlich?" und „Wo gehst du denn gerne aus?" Außerdem beschrieb er minutiös, wie er seine SM-Fantasien auslebte und welch sexuelle Erregung er dabei habe, von einer Person geschlagen zu werden. Mein Innerstes flüsterte mir ins Ohr: *„Not your cup of tea."* Nach einer Stunde wusste ich, dass ich diesen Abend besser auf der Couch mit Pokémon spielen verbracht hätte.

Dann war da noch Arzt, 38. Das war ein wirbelstürmiger Ausgehabend. Unverhofft unterhaltsam für die Dauer des Abends. Er hat die gemeinsam verbrachten Stunden toll gefunden und sagte mir dann ehrlich, dass er nicht an mir interessiert sei, beziehungsweise was anderes suche - im Bezug auf Beziehungen, versteht sich. Naja, wenigstens war er aufrichtig, das ist ja nahezu eine Seltenheit beim Daten.

Ich wurde dann von ihm weitervermittelt an Beamter, 38. Das war auch ein zauberhafter Abend, jedoch lebt er in Portugal und da eine Beziehung aufzubauen – schwierig, da bleibt jeder in seiner Welt. Naja.

Wie Sie sehen, werden die Absätze zur Beschreibung der Kandidaten immer kürzer. Das hat damit zu tun, dass der anfängliche Impuls, sich mit Menschen zu treffen und etwas zu erleben, im Lauf der Zeit einen Stillstand erreicht hat. Der *Thrill* geht irgendwann einfach verloren. Jeder hat etwas von mir mitgenommen. Das reicht von Energie bis zu Zeit.

Ja, jeder hat irgendwie mit Ping-Pong-Bällen auf mich geschossen und nach diesen zwei Monaten waren das so viele Bälle, dass ich überall Schlaglöcher hatte. Freunden gegenüber konnte ich diese Hautanomalitäten als Cellulite verkaufen. Haha, genau! Hat mir jeder geglaubt. Nun gut, ich habe diese Verletzungen wohl auch selbst verschuldet, ich wollte ja Menschen kennenlernen. Aber unter all diesen Männern (und das da oben waren die ... Highlights. Traurig, nicht?) waren nur Nieten, so wie beim Dorffestloseziehen, bei Kirchtagsfeiern oder so was, da verkaufen sie solche Lose. Wissen Sie, was nach der ersten Niete kommt? Die nächste Niete, richtig! Dennoch – es war meine Entscheidung, daher: selber Schuld bezüglich Fließbandarbeit. Fürchterlich. Ich muss da irgendwie systematischer vorgehen, damit ich mich vor weiteren Fiaskos bewahren kann. Hm, ich stelle fest: Es gibt zwei simple Grundkategorien in der Tinderwelt:

Erstens: „Prolo-Gurus". Das sind Kandidaten, die (Poster-)Foto-Typen inklusive mehrerer nackter Oberkörperfotos präsentieren und gefühlte 1.000 Reisefotos auf Instagram mitbringen.

Zweitens die „Option 2"-Schlängler: Kandidaten, die sich als nett ausgeben, jedoch heimlich auf potenziell bessere Kandidaten warten (na, die haben wir am liebsten – immer ein Türchen offenlassen, man weiß ja nie ...)

Frustrierend.

Natürlich sind nicht alle so. Aber ich, liebe Lesende, habe diese Erfahrung so gemacht. Würklich. Mit Ü! *Dating-Apps my ass*. Die App fragt mich alle zwei Wochen danach, ob ich sie bewerten wolle. Wissen Sie was? Bei der nächsten Bewertung vergebe ich einen Stern. PAH, dann habt ihr's, ihr blöden App-Entwickler! Ja! Aber so was von!

Chrm, mein Übermut hat mich jetzt etwas davongetragen, wie Sie sehen. Dennoch muss ich noch was loswerden: Liebe Heteros, ihr seid da ja auch nicht verschont davon. Ich begreife nur Menschen nicht, die sich proaktiv dazu entscheiden, dass sie wen kennenlernen wollen und dann den Mut verlieren oder was-weiß-ich, einem Unbekannten zu schreiben. Meh! Warum? Was gibt's denn da zu verlieren? Oder wenn dann jemand, ah – die verbanne ich ins Dark Web und tiefer! – in Ein-Wort-Sätzen antwortet ...

Summa summarum: Die holophrasische Phase haben sie noch nicht überwunden. Da muss ich echt mal kurz einen regenbogenfarbenen Fellknäuel rauswürgen. Das hilft immer. Moment. Chrm, ürgs. Chrm. Hust. *Done.*

Weiter im Text.

Olympisches Wettkampf-Tindern: Sammle Likes, push dein Ego! So ein Schmarren! Nein, das soll jetzt auch kein Plädoyer für das *Real-Life-Dating* sein. Vielmehr möchte ich sagen: Leute, Aufrichtigkeit auf jedem Kanal! Das ist sozusagen meine *Essenz* aus dieser Erfahrung. Oder aus den vielen Erfahrungen? Und – bitte – probieren Sie es! Es hat auch einen Zeitvertreib- und *Gossip*-Faktor ohnegleichen. Am besten mit einem Cocktail samt Freunden; das finde ich eigentlich besonders lustig.

Apropos *Gossip*: Wissen Sie, Ad(on't)nis habe ich auf Tinder dann wieder „getroffen" – und nein, er hat kein Like mehr bekommen. Mich hat vor allem gewundert, dass er überhaupt aus der Berghütte rausgekommen ist. *Sneaky*, daher Kategorie 2 (Siehe oben). Zurück zu seinem Aufscheinen auf Tinder: Da war ich gerade mit zwei Ladys auf der Couch – unalkoholisiert. Ach, was haben wir über die Fotos gekichert! Darf man doch auch mal – und ich wünsche ihm weiterhin alles Gute auf der Suche und überhaupt und sowieso: Ab nach links mit dir!

Der Zug hält gleich. Ich muss umsteigen. Umsteigen. Mit diesem Wort möchte ich den Tinder-Wettkampf beenden. Umsteigen!

4.

Auf den Wolf gekommen

Endlich kann ich in einen neuen Zug einsteigen. Die alten sind echt etwas muffelig und laut. Die neuen Züge sind ohrenfreundlicher. Ich steige ein, der Zug fährt sofort los. Das Zugeinsteigen ist auch Teil meines Lebens: Einfach mal probieren, vielleicht sogar etwas wagen, was ich zuerst nicht so bedachte oder wollte. Stark verkürzt zusammengefasst: Meine Liebesprinzipien komplett infrage stellen und mich auf jemanden einlassen, der eigentlich einige *Don'ts* aufweist. Fragen Sie mich nicht, woher diese Entscheidung kam, ich weiß es nicht. Unbefriedigtes Sexualleben? Der Wunsch nach einem Partner? Marktwerterforschung?

Nun denn, lassen Sie mich etwas genauer werden: Es begann sozusagen am Ende der Premiere von jenem Theaterprojekt, das ich während der Schilderung von Ado(n't)nis erwähnt habe. Nachdem die Festivität im Theater ein Ende fand, entschloss sich die Theatergruppe, durch die Straßen und Lokale zu ziehen. Unsere Pilgerreise führte uns von einem enttäuschenden Lokal zum nächsten. Nach dem fünften unzufrieden stellenden Lokalwechsel wollten schon viele aufbrechen, doch die Entscheidung für den Besuch eines allerletzten war gefallen. So gingen wir ins – öhm – nennen wir es Dionysos. Es war kaum was los, der DJ war entsprechend untermotiviert. Jedoch füllten unsere zehn Köpfe und Hintern die Tanzfläche und brachten Schwung in die Bude. Zugegeben – wir haben auch den DJ mit etwas Bier bestochen, sodass uns wirklich jeder Musikwunsch erfüllt wurde. Schweiß, Alkohol und verzerrte Wahrnehmung – eine gloriose Kombination, die einen Aufriss verspricht.

Aber, glauben Sie mir, ich bin ein Küken, was das Menschen-Ansprechen angeht. Ja, ich war als Schauspieler auf der Bühne, habe auf den internationalen Konferenzen x, y und z präsentiert, aber Fremde einfach so anzusprechen, gerade jene, die mir einen Blick zugeworfen haben? Ein Ding der Unmöglichkeit! Glücklicherweise war meine zuverlässigste *Wing Woman* dabei, die mir dann half, den einsamen Wolf an der Theke in ein Gespräch zu verwickeln. Das war eigentlich nicht schwierig, wir haben uns an die Theke gestellt und dann mit Wolf angestoßen. Nun denn, eins kam zum anderen, ich wurde von ihm beleidigt, zeigte ihm die kalte Schulter (scheint tatsächlich eine Masche von mir zu sein), hüpfte wie Super-Mario nach oben auf die Tanzfläche und genoss den Abend. Schlussendlich nicht allein. Ja, er kam dann noch mit und es gab Nachwehen. Im Rausch sind alle Kater grau und urplötzlich war auch schon meine Nummer auf seinem Handy und – hier füllen Sie dann die von mir Ihnen absichtlich gebotene Ereignislücke bitte selbst!

Eins kam zum anderen und ich ließ mich auf den 33-jährigen Jugendbetreuer ein. Wollte ich das? Nein, aber ein dunkles Loch in mir sehnte sich danach, mit Aufmerksamkeit gefüllt zu werden. Meinerseits war es also eine Begegnung mit Widerwillen, aber er war erstaunlicherweise sehr bemüht, was ich bei vergangenen Begegnungen so nicht erlebt hatte. An den darauffolgenden Tagen erkundigte er sich mittels Anrufen, SMS und anderen Medien, wie es mir ginge und was ich denn mache. Mehrfach am Tag.

Kennen Sie das? Man schreibt sich den ganzen Tag und abends kommt telefonisch die Frage: „Was hast du denn heute gemacht?" Redundant. Nun ja, darüber kann ich ja hinwegschauen, da ich es als Fürsorge interpretiere. Schlussendlich wollte er sich für mich interessieren, wollte mich umwerben. Ich tat es als Strategie ab, die zeigen sollte, dass ich ihm was bedeute. Das ist ja nichts Schlimmes, sondern eher etwas Zubefürwortendes. Mal ein Typ, der sich wirklich um mich kümmern möchte: Ich durfte beim ersten gemeinsamen Einschlafen der kleine Löffel sein (das war neues Terrain!) Körperlich war er auch ansehnlich.

Die zweite Begegnungswoche war bereits von etwas mehr Anspannung erfüllt. Der Interessensaustausch wurde durch ein weiteres Treffen – komplett nüchtern und in einer gemütlichen Bar – initiiert: Schlager, Klassik und Kirchenmusik. Mit der zweiten Musikrichtung kann ich mich identifizieren, war ja auch selbst mal Teil eines Möchtegern-Orchesters und auch im Kirchenchor. Aber Schlager?! Da kam ich wahrlich an meine Grenzen.

Nun gut, ich muss zugeben, dass vereinzelt über's Jahr meine Schlagerader ab und zu stark pulsiert – sozusagen ihre Aufmerksamkeit und Bühne will. Ich kann keinen Song mitbrüllen (nun gut, die Klassiker kann ich inzwischen – nochmals, ich, 29, im Zenit meines Lebens.)

Dennoch war diese musikalische Vorliebe etwas viel für mich. Ich sprach mit mir selbst: „Also jetzt hör dir zu. Dieser Kerl will etwas von dir, er schaut passabel aus, Bett check, er versteht deine Wortwahl, nun ja, zumindest partiell, hat eine Eigentumswohnung und einen feinen Humor."

Sie kennen das Spiel mit Engel und Teufel? Mein Teufel konterte: „Ja genau, überall gehst du Kompromisse ein. Willst schon nur mehr die Suboptimalität anvisieren. *Don't go for second best, baby!* Du bist der Große Preis und entscheidest dich für einen labbrigen Toast. *Shame on you!*" Sollten solche Sätze nicht eigentlich vom Engel kommen? Rauchwolken gingen über meinem Engel auf: „Nein, du musst doch das Gute sehen, was er dir darbringt!"

„Papperlapapp! Du müsstest klar auf meiner Seite sein! Ich bin sonst der Verführer, du der Realist, der einsehen müsste, dass ich vollkommen recht habe!"

„DAS lass ich mir nicht bieten, das ist doch eine Unterstellung ohnegleichen!"

Die Diskussion ging noch eine Weile weiter. Gefühlt stundenlang diskutierten die beiden, hielten mich davon ab, dem Gespräch mit Jugendbetreuer Wolf zu folgen, bis ich durchgriff. Mit wedelnden Armbewegungen versuchte ich die beiden zu verscheuchen und fasste schließlich den Beschluss, dass ich allein entscheiden wollte. Miesepetrig zogen sich die Stimmen doch noch zurück – naja vielmehr: Ich verdrängte sie erfolgreich. Und jetzt konnte ich mich auf das Kennenlernen einlassen. Ich verabschiedete mich an jenem Abend mit einem Kuss und einem etwas besseren Gefühl als zu Beginn des Treffens von Wolf.

Wir vereinbarten einen dritten gemeinsamen Abend (Filmabend – ja, Codewort). Nebst Wein, Chips und Prime-Time-Komödie kam dann ein ... spannender Plan von Wolf auf: „Was hältst du davon, wenn wir für kommenden Herbst einen gemeinsamen Urlaub buchen?"

Ich stammelte laut: „So, aha, hm, ja möglich, kann ich jetzt noch nicht sagen, weil ... XY." (Ich führte eine Reihe von Argumenten finanzieller Natur an, dennoch war mein Subton: „Ich kenne dich einfach noch nicht und will das nicht fixieren.")

Er war weiter als ich im Träume-Spinnen und merkte irgendwann an, dass die monatlichen Wohnungsmieten so teuer wären. Finanziell sei es doch um einiges besser, eine gemeinsame Unterkunft zu belegen. Also, das war eine Anspielung auf seine abbezahlte Eigentumswohnung: Auf diese Weise könne man ja viel Geld sparen und wie schön wäre es, gemeinsam in der Küche zu kochen, morgens aufzustehen und dann auch Sonntagswanderungen zu machen ... „Weil, mit dir kann ich sicher gut wohnen."

In meinem Inneren läuteten Warnglocken in allen Ecken, eine Sirene schrillte auf, die Katzenfrau warf mit ihren Tieren um sich und ein Wandklavier, ja ein Wandklavier, Sie lesen schon richtig, stürzte vom vierten Stock auf die Straße. Kennen Sie den Geigensound aus Gruselfilmen. Ja? Der sollte jetzt mental in Ihrem Kopf ertönen.

Meine unüberlegte Antwort darauf: „Ja natürlich, ich bin schließlich ein Hausmann."

Das war die falsche Antwort, denn sie löste weiteres Luftschlösserbauen aus. Oh Mann, manchmal sollte ich Klügeres von mir geben! Er kuschelte sich an mich und sprach davon, dass ich beim Einrichten der Küche mit ihm noch einiges mitentscheiden könne, denn sie wäre ja noch nicht fertig. Mein Puls stieg. Diese Person wollte, dass ich meine Zelte jetzt und hier abbrach und mit ihm in sein Schloss zog. Ein Windstoß wirbelte mein Inneres durcheinander und mein Magen fühlte sich an, als ob er gerade sieben Loopings gemacht hätte.

Surrealerweise kam im gleichen Atemzug seine Feststellung, dass er noch mit anderen Typen Kontakt hätte, die er auch interessant fände. Ich glotzte ihn verdutzt an. Irgendwie der Supergau! Wolf wollte eine Beziehung mit mir, stand vor mir, hatte bereits seine Ringschatulle geöffnet, rühmte sich gleichzeitig weiterer Bekanntschaften, um mich sozusagen in Zugzwang zu bringen, damit ich mich schneller für sein Schloss entscheiden sollte? *Weird!* Ich schickte ihn nach Hause. Mein Tonfall war weder angenehm noch unangenehm. Ich wollte bloß allein sein.

Diese Konversation führte zu dem Resultat, dass ich mich in mein Schneckenhaus zurückzog und mich dort versteckte. Ich antwortete langsam auf seine Nachrichten, war wenig motiviert, noch mal ein Treffen zu organisieren – („Komm doch mal zu mir." Und ich so: *„I'd rather not to")* – sozusagen eine ganz normale menschliche Reaktion, wenn man sich nicht mit dem Fremden beschäftigen möchte. Aber es gab noch einen weiteren Grund, der mich nicht an ihm dranhängen ließ ...

Sein Interesse flaute irgendwann (Gott sei Dank) ab. Es versandete sozusagen und ich war extrem unzufrieden damit, wie die Situation aufgelöst worden war. Ja, eigentlich wollte ich mich noch mal mit ihm treffen, um über uns und unsere gemeinsame Zeit zu sprechen.

Da meldete sich in mir wieder dieses dunkle Loch, das mit Aufmerksamkeit gefüllt werden wollte, denn allein zu sein, kann allzu schnell als Einsamkeit missverstanden werden: *„ROOOOOOAR!"* Es war lauter als ich, es wollte auch nicht leise sein. Und ich gab nach und schrieb Wolf – ich konnte mich nicht am Riemen reißen. Trotzdem blieb das Gespräch aus, da jetzt Funkstille seinerseits herrschte. Nun denn, das war wahrlich nicht die vernünftigste Art auseinanderzugehen, aber ich war weit davon entfernt, vernünftig mir gegenüber handeln zu können.

Die Lehre daraus: Jeder kann logo selbst entscheiden, sich selbst wie dem anderen gerecht zu werden. Ja?! Ach, so ein Blödsinn!

Die Lehre daraus? Hm. Aufrichtig zu sein. Von Beginn an eben. Ich habe auch da etwas herumgehadert, was nicht klug war. Etwas angezettelt, mir das angesehen – was ja nichts Schlimmes ist, sondern vielmehr menschlich.

Ich hatte dieses Loch in mir, das durch Ado(n't)nis aufgerissen worden war, aber nicht gedeckelt werden konnte. Hm, vielleicht hatte Ado(n't)nis auch so gehadert? Gedanken rasten in Überschallgeschwindigkeit. Ich suchte nach einem Ausweg, um dieses energieraubende, mich bis in den Schlaf verfolgende Gefühl loszuwerden.

Wolf wurde sozusagen Opfer dieses gefühlesaugenden und -verlangenden Lochs. Das war fast wie Dementor, die düstere Figur aus Harry Potter, die unaufhörlich saugt, nach diesem Gefühl schlürft, nie genug bekommen kann. Ich hatte mich damals nicht unter Kontrolle. Und war sowohl unzufrieden mit dem

Auseinandergehen von Wolf wie auch mit meinen Handlungen. Ich war mir selbst nicht genug. Das kann ich nun einsehen.

Jetzt bin ich angekommen, der Zug hält. Es fehlen nur noch wenige Meter bis zum Beginn des alljährlichen Weihnachtsfamilienzaubers. *Kling, Glöcklein klingelingeling* ...

5.

Mit wehenden Fahnen

Inzwischen bin ich wieder in der Mini-Metropole angekommen. Mein *Safe Haven*. Wissen Sie, ich mag meine Familie. Ich bin es einfach nicht gewohnt, so viel unter Leuten zu sein. Oder von Kindern und/oder Pensionisten frühzeitig geweckt zu werden. Oder nachts. Oder am Nachmittag. Wie Sie sehen, werde ich kontinuierlich geweckt, auch wenn man mal sagt: „Ich brauche meinen Seelenfrieden" und alle einem das zugestehen. Es passiert trotzdem immer etwas Lautes. Halten Sie sich fest, denn diese Aussage kommt von mir – einer ganz gewiss nicht leisen Person ...

Ich schätze meine vier eigenen Mietwände sehr. Da kann ich Musik aufdrehen, wann ich will, eine Performance für mich hinlegen (in meiner Welt bin ich noch extrem beweglich) oder eben Ruhe haben, wann immer ich möchte. Wenn auch die Wohnung nah an einer viel befahrenen Straße gelegen ist, das ist mir dann ganz Wurst. Ich gönne mir die Ruhe nun. Ich brauche sie jetzt.

Nach dieser Einlage stehe ich auf meinem Balkon und habe dann mal die seit einigen Tagen überfällige Zigarette angezündet – die war natürlich nicht nur gut, sondern auch ein bisschen befreiend, befriedigend. Das rote Glimmen bedeutete den Auftakt meiner Entspannung. Die Rauchfäden waren der Beweis dafür, dass meine Verspannungen verbrannten, ja, sich in

Luft auflösten. Dieser Balkon ist viel mehr als nur ein zusätzlicher Lebensraum. Ich streife mit der Hand über meine Sitzbank und betrachtete das Feuerzeug, das ich zum Anzünden benutzt habe. Ich drücke den Schalter nach unten und schaue in die Flamme. Ich sehe sein Gesicht darin, jenes meines Ex'. Ich lasse los, sodass sein Gesicht verschwindet. Gedanklich hat er mich aber dennoch bereits erreicht.

Hier, auf diesem Balkon verbrachten wir auch schöne Abende. Sterne schauen, lachen, essen, trinken, das ganze Programm. An lauen Sommerabenden war das besonders angenehm und vertraulich. Hummus und Brot, etwas Kühles noch dazu, perfekt! Was das Ende dieser Beziehung nicht mehr war. Es war am Schluss etwas ... kompliziert. Sie kennen das gewiss von Facebook. Beziehungsstatus: Es ist kompliziert. Bäh! Jedoch ... jedoch glaubte ich lange daran, dass das noch was werden könne und er einfach nur Zeit bräuchte.

Ich werde etwas konkreter und schildere Ihnen, was in meinem Kopf gerade Revue passiert. Ich steige in der Mitte der Beziehung ein. Der Beginn war wie im Bilderbuch: strahlende Augen, wilde Nächte, dummer Zoff, Kennenlernen, Erkunden und so weiter.

Monate später, im August, waren wir auf einem Spaziergang am Fluss entlang unterwegs. Es war wahrlich einer der schönsten Sommerabende, die ich je erlebt habe. *Don't look at me like that.*

Ich hatte ein Picknick vorbereitet: Aufstriche, Brot in vielen Variationen, Obst und Gemüse, etwas Bier und – natürlich – blumige Servietten. Stimmt, ich hatte sogar ein Teelicht und eine Decke mit, damit wir uns gemütlich ans Flussufer setzen konnten. Der Abend schritt fort und genau dieser Abend blieb mir in Erinnerung, da er perfekt war. Ich fühlte mich erstmals in der Beziehung sicher. Ich wollte sie und ließ mich fallen. Wir quatschten über den kürzlich beendeten Urlaub (nebenbei, mein erster Urlaub mit einem Partner – und es war fabelhaft), ließen die Seele baumeln. Es war wunderbar. *You amazed me.*

Gegen Mitternacht gingen wir in Richtung unserer Wohnungen zurück. Dieser Spaziergang sollte vieles ändern, besser gesagt: den bisherigen Abend mit einem kalten Schauer überdecken. Ich erfuhr, dass wir nicht dieselben Ansichten teilten. Er fühlte nicht die Beziehung wie ich, da es die Gründe x, y und z gab, die ich zwar nachvollziehen konnte, aber nicht wahrhaben wollte.

Er war im Prozess, sich auch zu finden – ich wollte da mit. Dieser Weg war mit spitzen Steinen, harten Brocken und beschwerlichem Matsch bedeckt. Das wusste ich damals schon und hätte mich früher für den sichereren Weg entscheiden können. Aber verdammt, es war gerade jener Abend, der mich so fasziniert, der mir inneren Frieden und Sicherheit gegeben hatte, warum sollte ich da jetzt einen Rückzieher machen?

Wieso sollte ich dieses Gefühl aufgeben und jetzt nicht da sein? Gerade jetzt, wo er mich brauchte? Niemals!

Somit wurde entschieden, dass wir uns „das" noch anschauen und nicht die Flinte ins Korn werfen wollten. Sprich, wir ließen die Beziehung „mal so" weiterlaufen. In der Retrospektive sind solche grauen Aussagen ein klarer Hinweis darauf, dass eine Trennung schrittweise eingeleitet wird, aber ich wusste das noch nicht, wollte es nicht wahrhaben. Ich wollte unser Schicksal nicht Futura allein überlassen, wollte mir Mühe geben, zeigen, dass ich da war. Aber es kam anders.

Ich habe ihn zum Beispiel mal mit Blumen überrascht, die er zwar dankend annahm – jedoch schickte er mich wenig später mit dem Argument nach Hause, dass er gerade nicht dazu bereit sei, Zeit für uns aufzubringen. Ein anderes Mal kam ich spontan mit Pizza und Bier vorbei. Seine Entscheidung war, dass ich die allein bei mir zuhause essen sollte. *He ate my heart* ...

Ich fuhr weitere, durchaus schwere Geschütze auf, wollte ihm beweisen, dass ich es wert bin, dass ich der bin, der mit ihm auch durch harte Zeiten gehen kann und will. Ich wollte für ihn da sein. Erwartet und unerwartet. Im Nachhinein vermute ich, dass ihn mein Einsatz irgendwohin getrieben hat. In eine Richtung, in die er auch (nicht) wollte? Ich weiß es nicht. Ich blieb dran, hatte schlaflose Nächte *tossing and turning*.

Ein weiterer Versuch war, dass ich mich zurückzog. Wissen Sie, mich einfach rar – und damit auf mich aufmerksam machen ... Aber dann hörte ich gar nichts mehr von ihm. Und das schmerzte. Es tat mir eigentlich mehr weh, als abgewiesen zu werden. *m-m-m-monster* ...

Oh Mann, das Spiel der Liebe hat schon komische Regeln! Auf die könnte ich inzwischen kotzen!

Unfassbar, aber ich ließ mich auf diese ungewisse Art der Beziehung (falls man das überhaupt so nennen kann) ein, damals mit meinem Ex. Und scheiterte. Keine Geste, kein „Schachzug" gelang mir, der mich ihm nähergebracht hätte. Nichts führte zur Erfüllung meines Wunschs, dass sich die Beziehung auch von seiner Seite neu entfacht hätte. Was mir blieb, war ein sich weiterfressender Schmerz, der mehr und mehr an mir nagte. Und diese schrecklichen Gefühle! Könnte bitte jemand mal meine Gefühle ausschalten? Die Menschheit kann so viele Krankheiten heilen, aber wenn man *love sick* ist, kann man gar nichts machen.

Okay, Sie werden sagen, Alkohol. Aber der hilft auch nur manchmal, nie auf Dauer. Denn: Vermengt man Gefühle mit Alkohol, verschwinden sie (manchmal), tauchen aber hartnäckig wie Fettaugen an der Oberfläche wieder auf.

Nüchtern trieben mich meine Gefühle in den Wahnsinn. Sie waren wie ein Schwarm Insekten, der mich verfolgte, selbst wenn ich dabei war, wegzulaufen.

Und dann noch dieses stete Brummen und Summen um mich herum. Kein Wunder, dass ich heute eine Glatze trage, das war schon eine kraftraubende Zeit!

Ganz ehrlich.

Es flossen Tränen beim Aufstehen, beim Einschlafen. In der Arbeit flossen sie. Ich ging extra sehr früh morgens ins Büro, um meine Arbeitszeit früher beenden und mittags daheim essen zu können. Das Argument „Ich muss sparen" funktioniert bei Teilzeitanstellungen immer. Ich riss mich sehr zusammen, damit ich nicht meine Gefühle mit in die Arbeit brachte. Die hingen aber an mir, als ob sie an mir festgenagelt wären. Und natürlich war das Monster Herzschmerz immer da. Es hatte schleimige Tentakel um mich herumgewickelt, flüsterte mir Bittersüßes ins Ohr, ließ mich zu Boden fallen und anschließend kam die monströse Elendslache herausgepoltert. Und wieder: *m-m-m-monster!*

Kurz gefasst: Es in dieser Zeit gab zwei Momente während der Arbeit, in denen ich losheulte. Meine Arbeitskollegin war erst irritiert, denn sie wusste nichts von meinem Herz. Aber beim zweiten Mal war sie vorbereitet und hatte eine Notfallherzenssorgenschokolade parat. Dieses zweite ... Erlebnis öffnete mir die Augen: So konnte es nicht weitergehen! Ich schien zugrunde zu gehen, erkannte mich nicht wieder. Es musste ein Gespräch geben. Ein letztes, richtungsweisendes Gespräch.

Es fällt mir heute noch schwer, darüber Genaueres zu berichten. Vieles ist in meinem Kopf vernebelt, verdunkelt oder in einer Truhe eingesperrt, die keinen Schlüssel mehr hat. Aber ein übergreifendes Gefühl der Kälte bleibt bestehen, wenn ich an dieses Gespräch denke.

An jenem Tag ging in mir sehr viel kaputt. Ich bin Optimist, aber auch die scheitern von Zeit zu Zeit. Ungern. Das Gespräch war relativ nüchtern. Ich kann mich nur daran erinnern, dass ich wenig gesprochen habe (wenn ich nichts mehr sage, dann a) führe ich etwas im Schilde oder b) stimmt etwas mit meiner Gefühlswelt von vorn bis hinten nicht). Sprachlosigkeit ist somit ein zuverlässiger Prädiktor meinerseits, dass es mit mir bergab geht oder alles schon ganz unten ist.

Wir saßen in einem Lokal. Wir sahen uns an. Keiner wollte den anderen verletzen, dies verriet unser Blick.

„Darf ich dich noch mal umarmen, bevor ich gehe?"

Ich sagte nein, denn ich sah die Scherben vor mir und wollte nicht, dass er drauftrat und sich vielleicht daran verletzte. Ich lehnte die Umarmung ab, um mich und ihn zu schützen. Der Butterfly-Effekt hätte am Ende sogar eine Hasstirade – die er nicht verdient hatte – hervorgerufen und alles noch elendiger gestaltet. Ich wollte das Schwarze Loch in mir nicht mit noch mehr Materie füllen. Das ging einfach nicht. Dieses kalte Ding wollte mich bloß in den Sog der Ungewissheit ziehen!

Es gab dann noch ein weiteres Kurztreffen. Die Sachenübergabe.

„Hallo."

„Schau. Da."

„Danke."

Ich hörte den Rest der Konversation nicht mehr. Das Herzschmerzmonster peitschte mich aus, mein Herzschlag war von außen und innen zu hören und ich wollte nur rennen. Ich war einige Schritte gegangen und konnte nun alles fallenlassen, da er mein Gesicht nicht mehr sah. Jede einzelne unterdrückte Schmerzensträne konnte sich nun abseilen.

„Ahhhh!" „Ahhhh!" Sie schrien beim Sturz.

„Ahhhhhhh!" Da war noch eine.

Von hinten hörte ich noch dumpf seine Stimme. Was er sagte oder mir nachrief, bleibt mir bis heute unerschlossen. All meine Sinne drehten sich in jenem Moment nach innen und stumpften ab, damit ich nicht mit noch mehr Reizen konfrontiert wurde. Danke, emotionaler Abwehrmechanismus!

Ich meldete mich für den darauffolgenden Tag im Büro ab. Wollte niemandem begegnen, niemanden sehen, lag auf meiner Matte am Boden und starrte die

Wand an. Es war nicht das erste Mal, dass ich so was erlebte. Immer, wenn ich mich sicher fühle – ja ich verbalisiere das ja gar nicht, also ich verschreie es auch wirklich nicht – kommt der Atompilz von der anderen Seite. Kakerlaken können solche atomaren Angriffe überleben. Ich bin aber keine Kakerlake. Wissen Sie, das ist die größte Sorge, die ich in mir trage, sobald ich einen neuen Menschen lieben mag: Lasse ich alles zu, dann kommt der Supergau. Oder tu ich das nicht, und riskiere somit, einen Menschen nicht in mein Leben zu lassen, wo dieser sehr wohl seinen Platz verdient hätte?

Nach einer solchen Explosion gibt es immer viel zu reparieren und zusammenzufegen. Das dauert halt etwas, mit einem Staubsauger ginge es schneller, aber den habe ich nun mal nicht. Also ist es ein mühseliger und lang dauernder Prozess, bis alles wieder seine Ordnung hat. Aber ich wollte das jedes Mal genauso. Ja, es ist mir drei Mal so ergangen. Das ist schon häufig genug. Ich wollte bis zum Schluss warten, wollte wissen, ob es wirklich nicht mehr geht, wollte schauen, ob sich nicht doch wieder dieses gute Gefühl anbahnen und sich Liebe dort wieder einbetten kann. Warum sollte ich mich davor schützen? Wieso sollte ich kein Risiko eingehen? Warum nicht?

Nun gut, es gibt eine Reihe vernünftiger Gründe, da haben Sie wohl recht. Aber ich bin ein verklärter Romantiker. Sobald ich mich für eine Person tatsächlich entschieden habe, bin ich bis zum Untergang da. Das ist manchmal ziemlich dumm, denn man könnte sich mit einem früheren Ende vieles erleichtern. Sogar beide Parteien würden davon profitieren. Hm, ich werde das wohl nicht mehr lernen.

Ich ziehe an meiner Zigarette. Ich sehe das Leuchten vorn am Stummel. Genau so sind nun nach Jahren diese Gefühle verpufft. Sie haben sich in Luft aufgelöst. All das, woran ich geglaubt habe, ist jetzt ein halbdurchsichtiger Rauchfaden, der manchmal noch etwas glimmt, bis er zu den anderen Stummeln gelegt wird. Aber zuvor wird er noch kräftig ausgedrückt und verbogen. So gehört sich das. Nochmals richtig draufdrücken. Wissen Sie, wo das dann landet? Im Müll. Nicht mal im Sondermüll, nein, ganz klassisch im Müll. All das scheint manchmal nur für den Müll gewesen zu sein.

Dennoch — ich blieb mir treu, habe mich von einer neuen Seite kennengelernt, besser gesagt: mir meine alten Ansichten bestätigen lassen oder sie eben auch neu überdacht. Es schmerzt schon immer noch. Ganz ein kleines Bisschen. Das gebe ich nicht gern zu. Es gibt diese Tage, da öffnet sich das Tor auf magische Art. Ja, diese Wunden schließen sich nicht mehr ganz. Sie safteln kaum noch. Sie sind fast vollkommen vernarbt da.

6.

Gulaschsuppe und/oder Lasagne gefällig?

Quietsch. Quietsch. Ich sitze auf meiner Couch und erhole mich von meiner letzten Gedankenreise. Ist schon etwas schräg, wenn man sich von einer Reise erholen muss. Reisen sollten doch mit Urlaub und Freude verbunden sein. Die, die ich dir, ääähm, Ihnen hier präsentiert habe, waren doch aufwendiger, als ich dachte. Über Vergangenes nachzudenken, kann recht anstrengend werden. Und dass die Gedanken mich in so kurzer Frequenz besuchen, ist ziemlich ... spannend. Darauf bin und war ich nicht vorbereitet. So ganz generell.

Aber, wie sagte schon meine Mutter? „Man muss das Leben nehmen, wie es kommt."

Oder die Weisheit einer Frau, die mich partiell gut kennt: „Da schließen sich schon mal Türen und neue gehen auf." Das hat meine ungarische Zahnärztin zu mir gesagt, als ich gerade (wie so häufig) auf das Ergebnis eines Jobangebots wartete, während sie meine Zahnwurzeln weiterbearbeitete.

Ach ja, sie fragte mich zuerst, was denn mit mir los sei, denn ich sah an jenem Tag optisch nicht besonders ansprechend aus (und ganz ehrlich, wann sieht man bei einer Zahnbehandlung wirklich gut aus, gerade wenn es an die Wurzel geht?) Haha, ja aber, liebe ungarische Zahnärztin, mach dich auf meine viel zu späte Gegenfrage gefasst: Was, wenn die Tür nun klemmt? Oder sich nicht schließen lässt? In meiner Wohnung steht zum Beispiel eine Tür immer offen. Da zieht es zwar nicht rein, aber sie steht offen. Manchmal weit offen, manchmal nur einen Spalt. Ja, geschlossene Türen machen einem den Lebensweg schon leichter, da kann man nicht durch, selbst mit dem Kopf voraus nicht, nicht mal gleich daneben durch die Wand.

Was aber, wenn sich diese eine klemmende Tür kontinuierlich meldet? Sei es durch ein Quietschen oder eben, weil sie sich auf ungeahnte, vielleicht sogar unheimliche oder heimliche Art wieder öffnet? Ich bin tatsächlich physisch im Besitz einer solchen Tür wie die, die ich Ihnen gerade eben beschrieben habe. Direkt daneben ist mein Ohrensessel. Manchmal scheint es so, als ob sie sich bewusst melden, gezielt meine Aufmerksamkeit suchen würde. Immer, wenn ich mich dann zu dieser Tür drehe, steht sie still, macht keinen Murks und zwinkert auch gar nicht mehr. Ich kann sie ansprechen, sie gibt mir dennoch keine Antwort. Selbst, wenn ich sie anstupse, bleibt sie dort an der Stelle. Aber wenn ich mich dann wieder anderen Sachen zuwende – ja ich gebe es ja zu, es ist nicht lesen, sondern vielmehr ein Scrollen und Tippen durch soziale Medien – schleicht sie sich näher an mich ran. Und quietscht wieder. Ehrlich gesagt, diese Türe erinnert mich an jemanden. Mit anderen Worten: Ich bin zwischenmenschlich ebenso im Besitz einer solchen Quietschtür. Er nennt sich Strubbelkopf.

Strubbelkopf war eigentlich ein Lotto-Sechser. Sozusagen eine *once-in-a-lifetime-opportunity*. Es begann alles recht schräg und zwar – der Klassiker – in einem Nachtlokal. Das Lokal hatte dichtes Indie-Flair und daher liebte ich es. Besonders montags war ich dort gern: Live Bands und billiges Bier! Das damalige Studentenherz schlug hoch und schnell dafür! Ach, ich bedauere die Lokalschließung immer noch ...

Nichtsdestotrotz, zurück zum Schauplatz. Wie Sie es schon ein bisschen von mir gewohnt sind, war an diesem Abend Alkohol im Spiel. Meine damalige Mitbewohnerin war geistesabwesend und halbschlafend auf der Treppe gelandet und es kam uns eine Gruppe fremder Menschen näher; Strubbelkopf mittendrin. Zitat von ihm: „Wie eine Cracknutte liegt die da am Boden rum." Diese Aussage war frech und unterhaltsam genug, um die Gruppe in eine Konversation zu verwickeln. Strubbelkopfs Runde war uns von Beginn an sympathisch und wir unterhielten uns eine Weile. Damals hatte er noch einen Emo-Haarschnitt, von dem ich ihm dann abgeraten habe. Neben Alkohol waren weitere sinneserweiternde Mittel im Spiel, es kam eins zum anderen. Ich wurde aufgefordert, mit ihm zu tanzen. Ich kann mich noch sehr genau erinnern, wie er mir seine Hand entgegenstrecke.

Diese erste Berührung war … ich finde keinen Begriff dafür. Sie war nicht unbeschreiblich, denn sie war zart und doch kraftvoll, verführerisch und dennoch zögerlich, alkoholgetrieben und dennoch liebevoll. Es war so ein Mittelding aus all diesen Empfindungen. Wir tanzten ununterbrochen. Schweiß floss aus allen Poren, das Leben und der Tod zogen Kreise um uns herum, sie feierten diesen Moment mit gleich großer Ekstase.

Und dann möchte ich Ihnen unseren ersten Kuss beschreiben. Ich werde ihn nie vergessen. Mitten in der Partymeute. Im Suizidtanzmodus kamen wir uns näher. Wir blickten uns an. In diesem Moment wurde alles ruhig, alles fiel in Zeitlupe, alle Geräusche vermischten sich zu einem Rauschen, wie die *Slow-Motion*-Funktion bei Handykameras, bis die Zeit kurz stillstand, als sich unsere Lippen berührten. In diesem Moment war mir alles klar: das Leben, das Universum und all das Unglaubliche, die dazu gehörigen Fragen inklusive. Ich wusste auf alles eine Antwort. Ohne Übergang verließen wir unsere Zeitlupenwelt, die Geräusche kamen zurück und wir landeten wieder auf der Tanzfläche. Gedanklich und körperlich waren wir soeben in einer transzendentalen Welt gewesen. Zumindest ich.

Dann fiel mir ein, dass ich mich mal wieder mit meinen Freunden unterhalten sollte, und ließ Strubbelkopf mit dem Satz: „Ich hol dir gleich noch einen

Drink" stehen, ging mit hibbeligen Gefühlen zu meiner Crew und musste Bericht erstatten. Nachdem alles gemeldet war, und ich den Befehl bekommen hatte, dort weiterzumachen, wo ich aufgehört hatte, fand ich ihn nicht mehr. Ich durchsuchte das Lokal, das WC, die Bar und alles, fand ihn nicht.

Schließlich ging ich vor die Tür, wo er mit seinen Freunden stand. Und er hatte ein blaues Auge. Ich war total verwundert und fragte, was denn geschehen sei. Er rückte nicht wirklich mit der Sprache raus und sagte nur, dass ein Vollidiot ihm eine reingehauen hätte.

„Soll ich die Polizei rufen?"

Er sagte nein, der Türsteher hätte schon alles geregelt. Ich fragte ihn, ob er noch ein Bier wolle. Seine Freunde wollten weiterziehen und er war aufgrund seines Veilchens nicht mehr allzu motiviert. Ich fragte ihn, wo er denn wohne und ob ich ihn nach Hause begleiten solle. Er verneinte und meinte spitzbübisch: „Heute schlafe ich bei dir?"

Mein Innerstes jubelte. Ruhig bleiben! Jetzt nur nicht zu überschwänglich wirken, zeig deine Coolness! Falls er mich noch länger begleiten sollte, wird er den quirligen Daniel noch zur Genüge kennenlernen!

Ich bejahte also – meiner Meinung nach – recht lässig und verabschiedete mich noch schnell von meiner Meute. Allerdings musste ich am nächsten Tag (ein Samstag) zeitig raus, denn ich hatte einen Unikurs zu besuchen, für den ich schon angemeldet war. Das war ihm egal, er wollte mit.

Wir gingen zu mir und es folgte eine schwärmerisch-kurze Nacht mit weiteren Küssen von ähnlicher Intensität. Ich spürte, dass sie uns wohltaten.

Am Morgen, so gegen 7:30 Uhr, ging mein Wecker los. Die Realität besuchte mich und sagte: „Du hast einen wildfremden Typen in deinem Bett. Daneben steht dein nicht passwortgeschützter Laptop, auf dem du gerade deine Abschlussarbeit schreibst, die nicht in einer *Cloud* gespeichert ist. Und du musst jetzt aufbrechen, sonst wird das nichts mit dem Kurs."

Oh du vermaledeiter Alkohol- und Liebestrieb! Ich weckte Strubbelkopf und sagte, dass ich mich fertigmachen müsse. Wir tauschten unsere Nummern aus und etwas panisch sagte ich, dass er meinen Laptop bitte beim Nach-Hause-Gehen da liegen lassen solle, wo er war.

„*Apple*. Mag ich eh nicht."

Gut! Sollte ich ihm trauen?

Ich kam abends nach Hause und hatte keine weitere Nachricht von ihm erhalten. Laptop war noch da, er hatte sogar das Bett gemacht. Ich schrieb ihm dann, dass ich ihn gern wiedersehen würde. Der Folgetag brach an und wir setzten das tatsächlich um. Er, abermals etwas alkoholisiert, ging mit seinen Freunden wieder in das Lokal vom ersten Mal und ich ging mit. Wir sangen Elvis Presley auf dem Weg dorthin. Wir quatschten über Musik, ich wurde dafür belächelt, dass ich gern Kylie Minogue höre ("Das hören sich doch nur 13-jährige Mädchen an!"), wohingegen die Babyshambles doch wirklich Musik machten und das nichts gegen das Popgeplätscher von Kylie wäre. Jedem das seine.

Fein, also gingen wir ins Lokal und ich konnte mit Strubbelkopf weiter flirten. Mich interessierte immer noch, warum er denn ein blaues Auge hatte. Zuerst wollte er nicht mit der Sprache rausrücken, aber dann meinte er: "Irgend so ein homophober Arsch hat uns auf der Tanzfläche gesehen. Darauf hat er mich angepöbelt und mir eine runtergehauen. Ich habe sozusagen wegen dir ein blaues Auge. Mindestens habe ich jetzt auch eines, du hast halt zwei."

Ein buntes Gefühls-Gemisch wurde in mir wach: Da war etwas von Besorgnis, Zärtlichkeit und Respekt, Faszination und Irrglaube dabei.

"Was?! Wegen mir? Oh, boah, sorry, das wollte ich nicht."

"Mir egal, blaues Auge hin oder her. Ich konnte dich küssen."

Ich war peinlich berührt und gerührt. Dieser Strubbelkopf hatte mich so um den Finger gewickelt, ich war ihm und seinem Charme erlegen.

Wissen Sie was? Er war zu alledem auch noch Musiker, Pianist und Gitarrist, einer der guten Hobbygitarristen. Dann auch noch in einer Band. Hilflos mutierte ich zum Groupie, der ihn anfeuern wollte. Innerlich sah ich mich schon auf einem Konzert „Ich will ein Kind von dir!" schreien (das tat ich auch einmal – und dann auf Geheiß nie wieder). Und wissen Sie was? Er mochte meine quietschbunte Seite. Er hat mir sogar angeboten, bei sich zu Hause das neue Album von Kylie auf einem Plattenspieler mit richtig geilen Boxen anzuhören. Hallo? Welcher Babyshambles-Fan macht das schon? Und er war beim Anhören vom ersten bis zum letzten Song dabei und wir sprachen über die Musik. Diskutierten sogar die Messages: *Kiss me once and you will watch me fall.*

Das war ein wirklich schönes Jahr mit sehr romantischen und liebevollen Momenten, die ich nicht vergessen möchte. Das erste Mal nüchtern Nebeneinander-Aufwachen war besonders schön. Mit seinen Strubbelhaaren im Polster, sah er mich an und nuschelte:

„Morgen, mein schöner Mann."

Er lachte darauf schelmisch. So macht Aufstehen wahrlich Freude.

Uh, ich muss noch ganz dringend etwas erwähnen: Er hatte Piercings und Tattoos. Alles wunderbare Prämissen, die ich an einem Typen optisch super finde. Ich war mitten in einer schillernden Seifenblase, die ich lange Zeit vor ihrem Aufprall auf den Boden bewahren wollte. Es gelang mir aber nicht, denn alles hat seinen Preis.

Weil er noch recht suchend im Leben unterwegs war, ging es bei ihm ständig auf und ab: Ausbildungsabbruch, Job suchen helfen, Streit in der Band sowie unter Freunden – um nur einen Teil davon zu nennen. Meine Freunde wurden auch zunehmend besorgt, da er schon bald nicht mehr nur Unterstützung brauchte, sondern Hilfe – bei all diesen kleinen und größeren Lebensstolpersteinen ... Hilfe, die er von mir bedingungslos erhielt. Ich war körperlich sowie psychisch da – selbst mitten in der Nacht. Dieses Für-ihn-da-Sein war ein Muss meinerseits, denn ... ich liebte ihn. Ich wollte da sein, stellte mein Wohl hinten dran. Ja, spannender Satz, das muss ich zugeben. Dass ich den mal schreiben würde, hätte ich vorher nicht gedacht ...

Ich berichte nun von einem Erlebnis mit Strubbelkopf, das einschneidend war. Es war einen Monat vor Beziehungsende. Ich hatte gerade meinen Job an der Schule begonnen (das erste Unterrichtsjahr, immer mitten im Chaos, besser gesagt: eine Herausforderung!), musste also viele Kinder noch „nebenbei" erziehen, und war wirklich eingespannt mit Extraunizeugs, Theaterspielerei und eben Strubbelkopf. Er hatte Probleme (ausgerechnet!) mit dem Herzen (keine Sorge, heute es geht ihm blendend!) Zudem war er – an jenem Tag hatte ich zufällig frei – in der Klinik gewesen: Er hatte Medikamente bekommen, die ihn wieder fit machen sollten, jedoch hatten sie Nebenwirkungen, die denen von drogösen Substanzen sehr nahekamen. Ich holte ihn zu mir.

Ich war in Sorge, da ich nicht wusste, was ich tun sollte und was Strubbelkopf und mich erwarteten könnte. So begann ich erst einmal damit, eine Suppe zu kochen. Suppen helfen so gut wie immer. In der Zwischenzeit legte er sich ins Bett, ich brachte ihm die Suppe und er schlief bald ein. Vorher hatte ich noch gecheckt, ob seine Familie informiert war und über seinen Zustand Bescheid wusste. Er schrieb seiner Mutter, dass er in Behandlung gewesen und nun bei mir in guten Händen sei. Sie antwortete, dass sie sich keine Sorgen mache.

Gleichzeitig war ich überfordert, da ich noch nie mit so einer Situation konfrontiert worden war. Ich dachte: „Gut, ruhig Blut, das wird schon wieder. Küche aufräumen, du schaust noch etwas TV, dann kannst du sicher auch bald schlafen."

Als die Wohnung lupenrein war – ja, Sorgen treiben einen zu Putzhochleistungen! – legte ich mich zu ihm ins Bett. Er schlief sanft und tief. Ich aber konnte in dieser Nacht nicht schlafen, da mich ein Gedanke nach dem anderen jagte. Die Überforderung brachte jeden Zweifel hervor, den ich ganz tief hinten verstaut hatte und ließ ihn in voller Stärke los. Ich drehte mich im Bett hin und her, was Strubbelkopf vermutlich merkte. Ich beobachtete ihn und hoffte, dass ich ihn nicht aufgeweckt hätte. Er öffnete seine Augen einen Spalt und sprach mit müder Stimme im Halbschlaf:

„Weißt du was? Wir sollten uns diese Wohnung kaufen, diese Wand dann einreißen und hier ein großes Wohnzimmer einrichten."

Ich so: „Ja, okay, schon gut, schlaf."

Innerlich wurde mir unwohl. Wenn wir wirklich zusammenwohnen würden, wäre ich dann zur Pflege verpflichtet? Er schlief wieder etwas, dann sprach er weiter: „Und eine Katze brauchen wir auch, stell dir vor, die spaziert dann hier herum und wir bauen ihr eine Leiter in den Innenhof."

„Eine Katze wäre ja witzig."

Er schlief wieder. Ich war froh, dass er offenbar Ruhe gefunden hatte. Ich legte mich hin und blickte ihn an. Er lachte kurz auf und wieder begann er, wie in Trance zu sprechen: „Und dann werden wir heiraten."

Dieser letzte Satz war der Grund (gepaart mit der *abwechslungsreichen* Situation zuvor), dass ich einen Monat später Schluss machen musste. Ich hatte ihm allerdings, bevor ich die Reißleine zog, alles erklärt, ihm geschildert, wie ich mich fühlte und wie es mir in der Beziehung ging. Ich wartete auch etwas ab, bis sein Herz wieder in Form war. Er wollte daran arbeiten, dass ich mich in der Beziehung wohler fühlte, dennoch blieb dieses Ungleichgewicht zwischen Geben und Nehmen. Irgendwie schien er solche schrillen, schrägen und unerwarteten Situationen magisch anzuziehen: Lebensstraucheleien und Kraftaktunterstützungen waren nahezu an der Tagesordnung. Nein, sein Einfordern von Unterstützung war niemals explizit, aber meine soziale Ader sprang immer sofort an. Kurz gesagt: Ich gab und gab und gab, fühlte mich ausgesaugt und musste die Leinen kappen.

„Das war nicht das letzte Mal, dass wir uns sehen."

RUMS.

Er schlug die Türe zu. Und sollte recht behalten.

Nach dem Beziehungsende gab es noch einen Epilog, sozusagen eine On- und Off-Geschichte wie aus einem schlechten Film. Da er der Verletzte war und inzwischen in der Nähe meiner Arbeitsstelle wohnte, forderte er während der On-Phase ein, dass ich häufiger bei ihm schlafen solle. Das ging noch gute drei Monate so hin und her, keine klaren Antworten und Fragen, auch wieder sinnliche und innige Momente, aber es war Epilog Teil eins. Schließlich musste ich mir eingestehen, dass das nichts brachte, und riss widerwillig den Kontakt zu Strubbelkopf inklusive dem zu seinen Freunden ab, wollte auch keinen Kontakt mehr aufnehmen. Alles und jeder wurde ignoriert und blockiert.

Gut ein Jahr nach Beziehungsende haben wir doch noch einmal „Kontakt" aufgenommen. Eigentlich war er es: Er sendete mir über Facebook einen Beitrag, den ich lustig fand. So ging das eine Weile hin und her. Ja, wir konversierten sogar wieder darüber, wie es uns ging und was alles so passierte. Wir trafen uns jedoch nie. Zwischendurch fragte ich ihn sogar, ob wir uns nicht auf ein Bier treffen könnten. Entweder hatte er dann schon etwas anderes vereinbart oder gab keine Antwort. So ließ er mich in einem Vakuum – kurz gesagt, die daraus resultierende Fehleranalyse ergab, dass in Epilog eins keine Aussprache mehr stattfand. Die hätte ich mir allerdings gewünscht.

Ich erfuhr über Ecken, dass er eine Freundin habe, jedoch hätte die Beziehung zu ihr kein gutes Ende gefunden, wurde mir erzählt. Angeblich sei er darüber sehr traurig gewesen, sagten meine Quellen. Ich hatte so etwas wie Mitgefühl, wollte ja, dass es ihm gut ging.

Er hat ein gutes Herz, das ist einfach so. Manchmal ist er nicht der mit dem besten Einfühlungsvermögen, aber sein Herz ist am richtigen Fleck. Ich sag bewusst nicht „rechten Fleck", denn er hat kommunistische Vorlieben, er würde es mir verübeln, wenn ich das so geschrieben hätte. Ups, naja, dennoch passiert – sorry, Strubbel!

Gut, der Epilog ging dann also digital in seine zweite Runde. Es folgte ein weiteres Treffen. Im Kapitel *A-*

do(n't)nis habe ich ja davon berichtet, dass ich in eine Theaterproduktion verwickelt war. Ich leitete dort die Regie zusammen mit einer Freundin, Strubbelkopf kannte uns beide. Er wurde fast schon von uns beiden dazu genötigt zu kommen. Er besuchte schließlich die letzte Aufführung. Jetzt wo ich darüber nachdenke, diese Produktion hat Wolf zu mir gebracht. Aber um ehrlich zu bleiben, als ich Strubbel wieder getroffen hatte, war Wolf komplett vergessen – vielleicht war ich auch deshalb oft nur so mit halbem Herzen bei Wolf „dabei"? Wahrscheinlich ...

Wir waren als Regieteam bei allen Aufführungen dabei, da wir noch die Kasse und zusätzlich die Technik ab Mitte des Stücks übernommen hatten. Wie Sie vielleicht wissen, gibt es nach der Dernière – also, der letzten Aufführung – nach alter Tradition einen gemeinsamen Umtrunk samt Schnabulenzien. Wir luden Strubbelkopf dazu ein und er wimmelte das Angebot dankend ab, da er Manieren hat. Jedoch überzeugte ihn das Argument der Gratisgetränke schlussendlich doch.

Wir saßen auf dem Dach des Aufführungsorts, sahen uns die Sterne an und genossen den Wein (oder in seinem Fall das Bier). Er klang neu, anders. Vernünftiger und wacher in Bezug auf seine Lebensführung. Ich war beeindruckt von seinen neuen Erkenntnissen und Einstellungen und ertappte mich dabei, dass ich einen Funken hoch und hell aufspringen ließ. Das war das, was ich vor unserem Epilog vermisst hatte. Nun schien er gefunden zu haben, was ich mir damals gewünscht hatte. Ich hing an seinen Lippen, wollte mehr von diesem Strubbelkopf erleben.

Die Theatertruppe ging noch in ein Lokal und wir waren natürlich dabei. Stetig dezimierte sich die Gruppe, bis ich mit Strubbelkopf allein unterwegs war.

„Ich gehe jetzt nach Hause. Ich mag noch eine rauchen."

Ich entgegnete: „Du kannst mich ja mitnehmen."

„Ja, wenn du magst, das passt."

Wir gingen zu ihm nach Hause. Auf dem Weg gab er mir einen Kuss auf die Wange und sagte: „Ich freue mich, dass du mitgekommen bist." Ich war verwundert, verwirrt, berührt, kurz aus der Welt gerissen. Irgendwie war ich auch befriedigt worden durch diesen Kuss. Ich spürte ihn noch auf meiner Wange. Dieser Kuss schien einiges an Bedeutung in sich zu tragen.

„Ich auch. Ehrlich gesagt, ich habe erst vor Kurzem über dich gesprochen. Ich glaube, dass ich bei keiner meiner bisherigen Beziehung so bemerkt habe, dass mich mein Partner liebte. Und ich ihn gleichwertig. Mindestens. Du bist was Besonderes."

Er fasste nach meiner Hand.

Ich habe zu Beginn dieses Kapitels unsere erste Berührung beschrieben. Das war wieder so eine. Ich war überfordert. Wie konnte ich nach all den Jahren so und hier wieder das gleiche Gefühl spüren?

Wir waren auf seiner Couch angekommen und rauchten noch eine. Es kam zu einem richtigen Kuss. Ich spüre noch heute seine Hand auf meiner Wange. Es blieb nicht nur bei dem einen Kuss.

„Diesmal bist du aber der Blöde."

„Ja, diesmal. Vielleicht ... vielleicht ist es ja gar nicht blöd, Strubbel. Vielleicht ist es das."

Gulaschsuppe und Lasagne schmecken aufgewärmt wahrlich fabelhaft. Epilog Teil zwei hatte seinen Höhepunkt erreicht. Morgens bekam ich natürlich noch schwarzen Kaffee. Nachdem ich mich verabschiedet hatte, musste ich meiner Regiefreundin alles beichten (ich hatte einige unbeantwortete Mitteilungen von ihr auf dem Mobiltelefon) und wir freuten uns, denn dieses Intermezzo schien den Eindruck zu machen, dass ein zweiter Anlauf nun möglich und obendrein erfolgreich werden könnte. Strubbelkopf war erwachsener geworden, hatte sich gut einfühlen können und war *flirtatious as hell*. Ich war hibbelig. Konnte das nun wirklich was werden? War das unsere zweite Chance? Die durfte ich nicht verpassen. Ich schrieb ihm am Ende des Tages noch eine Mitteilung, dass ich ihn gern sehen wolle. Strubbelkopf antwortete nach zwei Tagen, dass das keine gute Idee sei.

Sendepause. Vorerst.

Wir schreiben heute immer noch auf Facebook hin und her. Über Politik, Musik und Arbeit. Alles eben. Und immer in Wellen und Phasen. Auch über traurige Ereignisse haben wir uns ausgetauscht: Eine Freundin von ihm ist unerwartet gestorben. Digital war ich da. Ich wollte da sein, das spürte ich. Das war und ist wirklich ganz fest da. Ich kann nur nicht sagen, was er denkt oder fühlt, da ich nie die Chance bekam, es wirklich zu wissen. Klar, er hat gesagt, dass ich nun der Blöde sei, aber das kann es doch dann nicht gewesen sein, oder? Irgendwie will ich das nicht wahrhaben.

Kurzfassung: Epilog drei ist im Gange. Und wieder sind vor meinem Herzen Fragezeichen, dann Ausrufezeichen und nicht zu vergessen, diese vermaledeiten Strichpunkte. Wenn das alles auch frustrierend, periodenweise sogar nervig ist – wie die quietschende Tür.

Ohne diese Tür ginge es aber auch nicht. Wie berichtet, sie lässt sich nicht schließen, sie hat irgendwie einen eigenen Willen. Sie lässt sich auch nicht austauschen. Ich frage mich aber gerade: Muss ich sie denn überhaupt schließen? Ist es denn notwendig, sie ein für alle Mal zu schließen und dann zu ignorieren? Will ich das denn? Bin ich dazu bereit? Gerade, weil er irgendwie doch noch schauderhaft und zauberhaft präsent ist.

Ich höre tief in mich hinein. Ein Part in mir, er ist leise, manchmal harmlos und still, manchmal wimmernd und klein, lässt das nicht zu. Dieser Part scheint schon länger da zu sein. Er versteckt sich manchmal, damit ich ihn nicht finde. Damit er vielleicht *undercover* etwas tun kann. Vielleicht hat dieser Part die Tür manipuliert? Und ich hab das gar nicht wahrgenommen? Wieso sollte ich diese Tür nicht austauschen? Tja, und da hänge ich dann – naja, die Tür hängt – im Rahmen. Ehrlich gesagt – und ich fürchte mich vor dieser Aussage: Ich will auch nicht zulassen, dass sie ausgetauscht wird. Ich will das nicht. Mein Geständnis an mich selbst: Da ist noch Liebe da. Sie war also nie weg. Sie hat sich nur gut versteckt. Ganz ehrlich? Es gab schon Tage, an denen ich mir Strubbelkopf beim Einschlafen vorgestellt habe. Dass er neben mir läge, mich anschauen und dazu lächeln würde. Ich wünsche mir in jenen Nächten, dass er mir Folgendes zuflüstert: „Nacht, mein schöner Mann." Diese Worte, die sich so in mich eingebrannt haben! Nicht aus Schmerz, nein, flammende Liebe hinterließ diese Brandwunden.

Ich, ich ... weine gerade. Mein Herz pocht unaufhörlich. Habe ich mit jener Entscheidung die Liebe meines Lebens vergeigt? Innerlich sagt dieser Part, ich nenne ihn bei seinem Namen, Liebe: „Ja, und deshalb gebe ich nicht auf. Denn wenn du daran glaubst, kommt sie wieder."

Ich weiß weder zurück noch nach vorn. Ich habe versucht, Strubbelkopf zurückzuholen, wenn auch nur für ein Bier, einfach, um mal zu quasseln. Es blieb mir bis dato verwehrt.

Liebe, wie kann ich da nicht nicht aufgeben? Ich weiß, dass es uns in einem anderen Multiversum noch gibt. Aber ich kann die damaligen Entscheidungen nicht rückgängig machen, auch, wenn diese Realität neben uns existiert. Der Gedanke stimmt mich traurig. Ich möchte ihn nicht loslassen. Nicht loslassen, bevor er komplett verschwindet.

Ich scheine in eine dunkle Sackgasse getappt zu sein. Diese Sackgasse kennt nur einen Weg: den zu einem Licht. Dieser Weg. Der immer noch irgendwo existiert.

Er führt zu dir.

Zu dir.

Zu dir.

7.

Irr(er)glaube

Ich habe Ihnen noch gar nicht erzählt, was ich am Silvesterabend erlebt habe. Wissen Sie, ich bin sehr heikel, was meine Haare angeht. Aber, wie es die Natur so will, hat sich meine Kopfhaut entschieden, nicht mehr viel Produktivität in meine Haarwurzeln zu investieren. Das kann daran liegen, dass ich zu viel Denkarbeit leiste – eine Dissertation schreibt sich ja vor allem mit Kopfenergie. Um sich den Haarverlust zu erklären, gibt es mehrere *kreative* Lösungsvorschläge. Aber ich war immer sehr auf mein Äußeres bedacht und wollte meine Haare perfekt unter Kontrolle haben. Seit Beginn des Verdünnungsprozesses wurde da schon viel Arbeit reingesteckt: Gutes Hinbügeln oder Herumbasteln konnten die lichteren Ecken schön verdecken. Aber zu Silvester galt es, diesen gekonnt ausgeführten Handbewegungen, die alles wieder zurechtrückten, ein Ende zu setzen, bevor es mich weiter belastete.

Ich verschwand zusammen mit meiner guten Theaterfreundin im Bad und dann ging die Rasiererei los. Da fiel ein Haarbüschel, da noch eins. Prinzipiell bin ich schon leicht grau, das wusste ich bereits. Und *flupp*, jetzt war da gar nichts mehr.

Ich trage meine „Nullfrisur" nun jeden Tag. Das bedeutet, immer wieder mal nachpräparieren und den Kopf eincremen, damit das Haupt dennoch fein gepflegt bleibt. Ja, die Eitelkeit hat mich nicht verlassen.

Die bekam ich als „Geschenk" von einem Typen, meiner ersten Liebe. Mit knapp 19 Jahren. Hm, irre. Damals wusste ich nicht, dass das Liebe war. Heute kann ich sagen, dass es sich wie Liebe angefühlt hat. Er ist inzwischen ganz aus meiner Welt verschwunden. Ich nenne ihn praktischerweise Arto, damit du mir besser folgen kannst.

Irgendwie hat das alles sehr komisch begonnen, nämlich über Bernhard. Ja, ich war über Onlineforen im Chat mit Bernhard. Er war mein erster Kontakt nach außen bezüglich meiner Sexualität, und wir sprachen über Liebeleien und darüber, dass er eben sehr von Arto angetan war – der sich allerdings nie meldete. Bernhard hat mich dann aufgefordert – da ich in der Nähe von Arto wohnte – mit ihm zu sprechen (nota bene: Ich war Arto zuvor auch noch nie begegnet.) Ich sollte sozusagen eine Intervention einleiten. Heute wüsste ich, dass man sich nie zwischen zwei Menschen mischen soll, aber ich war so gutherzig und initiierte das. Es war Ostermontag. Ich hatte mit Arto schon etwas hin- und hergeschrieben und er meinte, dass er doch kommen könne und wir bequasseln das *in persona*. „Fein, da bin ich dabei, ist sowieso billiger als das ewige SMS-Versenden."

Das waren noch die SMS-Zeiten, unglaublich! Er kam am Nachmittag. Meine Eltern gingen auf Verwandtenbesuch und waren nicht vor 18 Uhr zu erwarten. So machten wir es uns auf der Wohnzimmercouch gemütlich. Nach dem Anfangsgeplänkel sprach ich die Situation mit Bernhard an. Arto meinte, dass er das nicht so wahrgenommen hätte, dass da nichts dabei gewesen wäre und dass er nicht diese Vibes verspürt habe, von denen mir Bernhard berichtet hatte. Arto wäre sowieso nicht auf eine Beziehung aus gewesen. Sie hatten sich nämlich vor Jahren bei einem Pfadfinderleitertreffen zum ersten Mal gesehen und daher waren sie in Kontakt. Das wäre alles nur professioneller Art gewesen.

„Ja, aber warum bist du dann heute hergekommen, wenn du sowieso wusstest, was Sache ist? Wieso hast du es Bernhard nicht selbst gesagt?"

„Weil ich dich sehen wollte."

OMG.

Ich war damals komplett überfordert und zudem schüchtern. Dieser Typ, den ich auch nebenbei irgendwo heiß fand, auch wenn ich es mir nicht eingestehen konnte, wollte mich sehen und kennenlernen!

Er lächelte mich an. Wir kamen uns im Lauf des Nachmittags näher und dann half natürlich der magische Moment von „Sollen wir einen Film schauen?", um die letzte Brücke zum Kuss zu bauen.

Da wir neugierige und tratschfreudige Nachbarn hatten, habe ich von Beginn an die Fensterblenden runtergemacht. Falls die blöde Frage käme, was ich denn am helllichten Tage in einem dunklen Wohnzimmer wolle, wäre „Film schauen" wie aus der Pistole geschossen gekommen – was auch nur partiell gelogen wäre.

Arto verließ mich dann am späten Nachmittag, man wollte in Kontakt bleiben.

Aha, interessant!

Ich war mir damals über meine Sexualität noch nicht im Klaren, ach, das war ich, bis ich 24 wurde nicht – aber ich fand die Begegnung mit Arto spannend und wollte diesem neuen Gefühl nachgehen.

Es kam der Sommer und wir trafen uns immer wieder beim Ausgehen oder unter Freunden. Was niemand mitbekam, war, dass wir heimlich unterm Tisch unsere Hände auf den Knien des anderen liegen hatten. Es war eine gewisse Spannung in der Luft. Ja, einmal hatte ich ihn sogar durch mein Zimmerfenster nachts reingelassen.

Mein Kinderzimmer lag im Erdgeschoss. Eine „gefährliche" Angelegenheit, denn das bedeutete: Direkt nebenan lag das Schlafzimmer meiner Eltern.

„Du musst ganz still sein, versprich es mir, sonst haben wir bald beide den Kopf ab."

Ich sperrte die Zimmertür zu. Wir schliefen beieinander, wir liebten uns. Nun ja, kurz muss ich etwas für den weiteren Verlauf der Geschichte erwähnen: Stöhnen geht halt nicht komplett lautlos. Weißt du, wenn dich eine Hand anfasst, bei der du spürst, dass diese Berührung nicht nur von Lust motiviert ist. Ja, so war dieser Moment.

Irgendwann nachts erspähte ich, dass die Türklinke nach unten ging. Mein Herz pochte. Arto fiel das auf und ich legte meinen Zeigefinger auf seine Lippen. Ich spürte seinen Puls. Wir waren ganz still. Ich sperrte sonst nie die Tür zu. Das sollte ich am nächsten Tag von meinen Eltern noch zu hören bekommen.

Wir lauschten den leisen Tapsen von Schritten vor der Tür und atmeten aus. Angstschweiß war uns aus den Poren gekommen. Wir mussten unsere Verabschiedung morgens gut regeln. Arto wurde noch vor dem Erwachen meiner Eltern rausgeworfen. Aber am Frühstückstisch kam die erwartete Frage. Ich sagte, dass ich machen könne, was ich wollte. Da kam mir ein verbales Poltern entgegen, das außerordentlich war. Ja, ich war 19, aber meine Eltern hatten das Sagen im Haus.

Aus Trotz habe ich dann auch die folgenden Tage die Tür wieder versperrt. Die Diskussionen hielten an. „Was, wenn jemand etwas aus deinem Zimmer braucht?", war ihr Gegenargument. Ganz ehrlich, was sollte jemand nachts aus meinem Kinderzimmer holen wollen? Plüschtiere? Alte Zeichnungen? Ein Game-Boy-Spiel?

Den Fragen meiner Eltern war sehr leicht auszuweichen, aber wissen Sie – darf ich eigentlich du zu Ihnen sagen? Irgendwie sind Sie mir ja schon recht nahgekommen ...

Naja, wie auch immer. Meine Eltern wollten Kontrolle – die ich ihnen verwehrte. Aber Macht und Position wollten sie durch Lautstärke klarmachen. Inzwischen zieht diese Masche auch nicht mehr ...

Zurück zu Arto. Es ging noch eine Weile so hin und her. Meine Zimmertür wurde in gewissen zeitlichen Abständen versperrt, das Gewitter gab es dann am darauffolgenden Morgen, aber das war mir egal. Arto zu treffen, mit ihm gemeinsam einzuschlafen und nicht allein aufzuwachen, war eine neue Erfahrung für mich, nahezu eine Droge, die ich nicht absetzen wollte.

Als ich im kommenden Herbst mit meinem Studium begann, war Arto im Auslandssemester. Alles war anders, wir waren fern voneinander. Ich konnte nicht einschätzen, ob er mich vermisste. Ich vermisste ihn durchaus: seine Nähe, seine Eitelkeit, seinen teuren Kleidungsstil (nur wegen ihm kaufte ich mir teure Markenunterwäsche, die meine Mutter nur widerwillig wusch, denn billigere täte es doch auch!) Ich vermisste alles an ihm.

Ich sprach damals im Chat mit einer Freundin davon, dass ich weder vor noch zurück wüsste. Ich hatte keine Ahnung, wie ich mit diesen Gefühlen umgehen sollte. Ich war im Clinch mit mir selbst, denn ich wollte mir nicht eingestehen, dass ich Gefühle für Arto entwickelt hatte. Sie riet mir, dass es das Beste wäre, doch einfach ehrlich mit ihm zu sein. Gut, klingt logisch. Ich schrieb ihm eine Mail mit der Frage, ob wir uns zum Chatten verabreden könnten. Dieses digitale Treffen wurde flugs umgesetzt. Der Chat verlief in etwa so:

Daniel:

Arto, ich muss dir etwas gestehen. Bitte nimm dir Zeit.

Arto:

Okay?

Daniel:

Arto, ich muss ganz ehrlich sein. Seit du weg bist, denke ich sehr viel an dich. An unsere gemeinsame Zeit, an das gemeinsame Einschlafen und alles, was wir erlebt haben. Ich möchte ganz ehrlich sein, ich vermisse dich und glaube, dass das Liebe sein muss, denn sonst ist mir nicht erklärlich, was ich da so gerade fühle.

Er war online. Er tippte etwas ein. Ich wurde nervös. Dennoch kam erst nach neun Minuten eine Reaktion.

Arto:

Ich bin jetzt überfordert. Das habe ich mir jetzt nicht so gedacht.

Daniel:

Ich kann auch nichts dafür, aber es ist so. Wie siehst du uns denn?

Arto:

Ich bin hier in Schweden, wie soll das auch gehen? Und das war doch nur im Moment so.

Daniel:

Du hast mir meine Frage nicht beantwortet.

Arto:

Mein Mitbewohner ruft mich. Ich komme gleich wieder.

Arto ging offline.

Arto blieb offline. Für recht lange Zeit. Monate, um genau zu sein.

Kennen Sie, ach nein, du! Kennst du das Geräusch, wenn eine Glühbirne flackert? Und im Anschluss daran zerspringt? So fühlte es sich in der Folgezeit für mich an. Ich hörte nichts, rein gar nichts mehr von Arto. Ich war in Sorge, dass ihm etwas passiert sein könnte. Dann erfuhr ich über Ecken, dass es ihm gut ginge, aber der ganze Kraftakt zum Stalken war mir irgendwann zu viel und ich begann, die Reste der Glühbirne zusammenzukehren. Jede einzelne Scherbe fand ich. Ich schnitt mich an den Scherben. Einmal. Zweimal. Dreimal.

Anschließend legte ich das zersprungene Glas und die Elektronikteile in eine Box und stellte sie in einem Regal ganz weit oben ab. Dorthin, wo ich sie einfach nicht ohne Hilfsmittel erreichen konnte. Ich musste mich austricksen, damit ich nicht mehr an Arto dachte, mich nicht mehr mit ihm auseinandersetzte.

Ganz im Ernst: Glaubst du, dass ich da nicht nochmals hochgeklettert bin und versucht habe, alles wieder zusammenzufügen?

Arto kam Ende des Semesters zurück. Er hatte sich einen Partner geschnappt. Es fühlte sich für mich so an, als ob er mir damit eins auswischen wollte.

Ich ging auf die Suche und fand einen sehr sympathischen Kerl. Der hat mir das romantischste Dinner organisiert, EVER: Mitten in der Nacht entführte er mich auf ein Hochhaus (ich wurde mit Augenbinde über Leitern und so gelotst). Unter uns meine Heimatstadt im Lichter- und Sternenmeer. Der Ausblick war fantastisch.

Während ich romantisch dahinträumte, wurde Arto immer eitler und sorgte selbst im gemeinsamen Freundeskreis für einen gewissen Unmut. Es kam nahezu zu Revierkämpfen, wer denn jetzt das tollere Pärchen wäre. Wahnsinn, aber man war halt jung und musste sein Testosteron irgendwo ablassen. Kinderspiele eben.

Nach zwei Jahren, wir waren beide wieder Single und hatten uns auseinandergelebt, fasste ich den Entschluss, unsere Freundschaft erneut zu beleben. Arto fand die Idee gut und so trafen wir uns in unserer Studienstadt. Wir besprachen die Situation von damals und entschuldigten uns auch für unser Benehmen. Man lernt ja immer dazu und eben auch noch aus Situationen wie dieser. Wir waren jung. Ich bin der verzeihende Typ. Und gerade, weil wir so toll begonnen hatten, wollte ich Arto nicht aus meinem Leben lassen. Während dieses Versöhnungstreffens sprachen wir über Typen. Dabei legten wir wie damals unsere Hände auf unsere Knie, es gab einen Kuss, jedoch sprachen wir ständig von anderen Dates. Egal, es war traumhaft. Ich hatte etwas erreicht, von dem ich zwei Jahre lang geträumt hatte. Ich nahm uns wie ein Pärchen wahr, das sich gerade mittels Sticheleien neckte, jedoch wussten beide, dass wir das nie so meinten.

Dachte ich zumindest. Ich war nach diesem Gespräch verwirrt. Ich hatte zwar ein Date mit einem anderen, aber ich wusste nicht, ob ich das weiterverfolgen sollte. Laut Artos Erzählungen müsste er auch gerade den gleichen daten. Ich fragte nach. Tatsächlich: Es war der Gleiche.

„Nein, wir sollten nicht beide den Gleichen daten, das machen wir am besten beide nicht, nicht, dass jemand zwischen uns beiden steht", meinte Arto.

Ich interpretierte diese Aussage sehr nach meiner Wunschvorstellung, mir mit Arto nochmals einen Start anzudenken. Ja, ich freundete mich irgendwie mit diesem Gedanken an. Die Liebelei von damals schien neu aufzuglimmen. Wir vereinbarten, dass wir uns das kommende Wochenende am Freitagabend treffen und dann gemeinsam was kochen würden – du weißt ja, Liebe geht durch den Magen. Ich freute mich sehr darauf und machte mir schon Gedanken, wie ich Aphrodisiaka verkochen und verbacken könnte. Erdbeeren, das war klar, inklusive Schlagsahne. Hrhrhr, du weißt ja, auf was ich damit anspiele.

Am Freitag war ich früh mit der Uni fertig – alles andere wäre falsche Planung des Studierendenlebens gewesen. Sprich: Donnerstag war bereits der letzte Kurs. Ich hatte also am Freitag Zeit, alle nötigen Koch-Zutaten zu besorgen. Ich ging zum Supermarkt – zu dem, der die etwas besseren Produkte hatte, und das war ein kleiner Spaziergang. Während des Spaziergangs hatte ich die Glühbirne von damals heruntergeholt und bastelte sie auf dem Weg wieder zusammen. Glücklich summend sogar. Vorfreude ist ja laut meiner Mutter *die* schönste Freude. Genau das spürte ich in diesem Moment.

Nun ja, während dieses Spaziergangs hatte ich eine Begegnung der dritten Art. Also jener Art, die man sich nicht wünscht. Arto war auch auf einem Spaziergang. Jedoch nicht allein. Das „gemeinsame" Date war an seiner Seite. Wortwörtlich an seiner Seite. Ich brachte gerade noch ein zögerliches „Hey ihr zwei!" heraus. Der Gruß wurde nett erwidert und ich ging über die Brücke, die unseren Weg trennte. Ich musste sowieso über die Brücke.

Vor dem Supermarkt war ein Hühnerbratstand. Ich lehnte mich an dessen Wand und musste tief Luft holen. Wie war denn das möglich? Ich ging absichtlich früher aus dem Haus und begegnete prompt Arto mit Datebegleitung!

Ich fasste mir an die Stirn, da ich mein Herz nicht fassen konnte. Er hatte mich belogen. Es war sein Vorschlag gewesen, dass wir jenem Date nicht mehr schreiben, nichts mehr mit diesem Menschen machen sollten. Und die beiden gingen wenige Tage danach zusammen spazieren. Ich fühlte mich benutzt, vor Naivität geblendet und beschämt.

Der Besitzer des Ladens kam auf mich zu.

„Willst was?" Ich verneinte, fragte aber höflich, ob ich noch etwas da lehnen dürfe, da mir leicht schwindelig sei.

„Brauchst du einen Krankenwagen?"

Ich verneinte abermals und antwortete, dass das gleich vorbeiginge, ich kenne das schon. Das war eine Lüge. Dieses Gefühl kannte ich nicht. Nicht auf diese Weise.

Wie schwer es doch schmerzt, wenn einen die erste Liebe belügt! Klar, wir waren weit entfernt davon, in einer Beziehung zu sein, aber die Gefühle waren spürbar. Unser Gespräch vor unserem Kochdate war ja fast schon ein Akt der Exklusivität. Nun, so hatte es jedenfalls in meinen Ohren geklungen. Ich rutschte an der Wand hinunter und saß auf dem Boden. Ich nahm mein Handy raus und schrieb Arto: „Ich dachte, das war vereinbart. Ich verstehe dich nicht. Heute Abend abgesagt."

Weißt du – ich bleibe jetzt beim du – was das Grausame am Hass ist? Dahinter steckt eigentlich Liebe. Man kann einen Menschen nicht hassen, wenn da nicht zuvor Liebe gewesen ist. Verabscheuen, ja; ignorieren, ja, und auch gleichgültig behandeln – geht alles auch ohne Liebe. Aber Hass setzt Liebe voraus. Irre! Ich hasste zum ersten Mal in meinem Leben einen Menschen, einen Menschen, den ich liebte. Von da an habe ich Arto nicht mehr gehört oder gesehen.

Ich bekam erst nach vier Tagen eine Antwort. „Ich wusste nicht, was ich tun sollte. Er wollte mich sehen und ich wollte nicht unhöflich sein."

Ich dachte: Dann hat er dich aber lang gesehen, wenn deine Antwort erst so spät kam.

Ich antwortete nicht mehr. Es tat bloß weh. Über Tage und Wochen. Ich hätte wissen sollen, dass so eine Reaktion kommen würde, weil das ja schon in Schweden so war: Er ging auf Distanz, machte sich ein feines Leben und kümmerte sich nicht um mich. Ich war ihm anscheinend egal.

Scheiß egal! Ich hasste ihn von dem Moment an. Ich wollte mich an der Wand hochrappeln und spürte etwas in meiner Jackentasche. Ich zog das Ding heraus. Ich betrachtete die nahezu fertig reparierte Glühbirne, warf sie auf den Boden und trat drauf. Und nochmals. Und nochmals und ein letztes Mal, bevor ich nach Hause rannte.

Nach einigen Monaten sprach eine gemeinsame Freundin mich auf die angespannte Situation an. Ich antwortete ihr, dass es diesmal in seiner Verantwortung läge, wenn ich es ihm wert sei, dieses Leid zwischen uns zu beenden. Beim ersten Mal hätte ich das initiiert. Jetzt sei es seine Runde.

Weißt du was? Natürlich gab es kein weiteres Treffen. Er kam nicht mehr auf mich zu. Und ich blieb einfach stur. Nun, ich bin, wie gesagt, im Grunde ein positiver Mensch und versuche, überall das Gute zu sehen. Hier hatte ich eine Erfahrung gemacht, die mein Verständnis von Gut und Richtig durchgeschüttelt hatte. Arto fehlte es mir gegenüber an Aufrichtigkeit. Er konnte sich damals nicht artikulieren, mir seine Welt nicht darstellen. Das alles hätte mir geholfen, ihn nicht zu hassen. Er war zu ... nett zu mir. Weshalb er so war, weiß ich nicht. Jedoch erscheint er mir aus heutiger Sicht wie eine Viper, die im Gras auf ihr Opfer wartet. Die das Opfer gemütlich beobachtet und im richtigen Moment zubeißt. Ich glaube, dass das nicht absichtlich geschah. Dennoch kamen die Momente so schräg, ja, für mich nahezu unfassbar zusammen.

Inzwischen ist mir Arto schnuppe. Einen Kaugummi am Schuh fände ich störender. Ich muss mir wieder an die Glatze greifen, da ich es noch immer nicht begreifen kann. Wieso behandelt man Menschen auf solche Weise? Seither traue ich Menschen weniger. Gerade, wenn es um Liebe geht, lasse ich mir mehr Zeit und vertraue mich nur tröpfchenweise einer Person an.

Kurz festhalten: Wie du noch erfahren wirst, ist dieses Statement eine Lüge, eine elendige Lüge mir selbst gegenüber. Dennoch ist der Gedanke für mich heroisch und heute versuche ich mehr denn je, an ihm festzuhalten, aus zwei Gründen:

1) Ich will eine Person nicht mit meinen Freuden und/oder Sorgen erschrecken und

2) mein Urvertrauen zu Menschen ist mit Arto mehrfach zerbrochen. Es fällt mir schwer, sorglos auf Menschen zuzugehen.

Wieder greife ich mir an die Birne. Gleichzeitig bemerke ich, dass ich beim Laufen am Fluss ständig an diesem Hühnerbratstand vorbeikomme. Da fällt mir etwas auf: Die Splitter der Glühbirne sind heute nicht mehr sichtbar. Außerdem wurde die Stelle natürlich vom Besitzer wie von Straßenkehrmaschinen gereinigt. Eine Suche wäre also vergebens oder mit allergrößten Mühen verbunden. Sie wäre nicht angenehm, kaum erfolgreich, ergo, nicht sinnvoll. Ich könnte vielleicht eine winzige Scherbe finden – die aber auch von der Weinflasche eines betrunkenen Menschen stammen könnte, die vom Budenbesitzer öfter mal übrig gebliebene Hühnchen geschenkt bekommen.

Summa summarum: Es ist gut, dass ich mir nicht mehr die Möglichkeit geben kann, nach der Glühbirne zu suchen. Manchmal scheint es einfach nur gut und richtig zu sein, einer Straßenkehrmaschine die Arbeit zu überlassen.

8.

Pink Lady

Ich gehe gerade wieder mal zum Supermarkt. Weißt du, nach dem jüngsten Aufenthalt bei meiner Familie ist mein Kühlschrank leer und, ja, von der Liebe zu leben – das war mir bisher kaum möglich. Also werde ich weiterhin Geld in Nahrung und Essen investieren, sowie in Tabakwaren – günstigerweise ist der Laden meines Vertrauens einfach nur um die Ecke.

Im Markt beginne ich immer mit was Gesundem – einfach meiner Mutter zuliebe und, damit mein Gewissen besänftigt ist. Ich höre nämlich immer, wenn ich mal nichts Gemüsiges kaufe, die Stimme meiner Mutter im Kopf, die sagt: „Du brauchst Vitamine, sonst wirst du krank." Noch mal zum Wiederholen, ja, ich bin 29 und dennoch werde ich immer ihr Kind bleiben und diese Sätze nie loswerden. So schreite ich zur Abteilung und packe ungewöhnlicherweise einen Apfel ein. Die Sorte, unschwer am Kapitelnamen zu erkennen, ist eine Pink Lady. Was auch der Spitzname für eine Frau war, deren Herz ich vermutlich gebrochen habe. Ja, da war ich mir ... nicht sicher, ob nicht doch etwas in mir schlummerte, das „Ja" zu ihr sagen wollte oder ob es nur die Einsamkeit war, die gestillt werden wollte.

Kennst du das? Das Gefühl, dass man nicht allein sein will? Einfach, weil zuvor eine gewisse Gewohnheit entstanden ist, die durch ein Ende gebrochen wurde und dann darin gipfelt, dass man nach Nähe in vielerlei Hinsicht sucht?

Etwas konkreter: Ich war vor vier Jahren in die Lesung eines neu veröffentlichten Buches verwickelt, die ich mit dem erwähnten Theaterverein organisierte. Die Autorin war auf uns zugekommen, da sie den „young spirit" unseres Vereines sehen konnte – den wollte sie auch in der Lesung haben. Ich erhielt die Aufgabe, die Leitung dafür zu übernehmen. Die Lesung sollte im Rahmen einer gerade in der kommunalen Bibliothek gezeigten Ausstellung stattfinden. Das war schon etwas ganz Besonderes, denn ich hatte noch nie so viel Verantwortung zu tragen. Ich war top motiviert, das alles richtig gut umzusetzen. Damals sagte die Autorin zu mir: „Habe Mut!" Sie vertraute mir, dass ich die Lesung so umsetzen könnte, dass sie zufrieden sein würde. *No pressure at all* ...

Dieser Spruch „Habe Mut!" wurde zu einem der wichtigsten Sätze meines Lebens. Gerade in jener Zeit war er besonders wichtig, da ich begriffen hatte, dass Liebe nicht an ein Geschlecht gebunden sein muss, sondern dass nur der Mensch dahinter sie mir bringen kann. Das war eine Zeit, die viele Selbstgeständnisse mit sich brachte. Gerade die einfachen Worte „Habe Mut" waren deshalb so wichtig, weil ich spürte, dass es mir besser gehen würde, wenn ich endlich zu mir stehen könnte. Kurz gesagt, dieser Ausspruch gab mir das Selbstbewusstsein, ehrlich und offen mit mir und anderen zu sein.

Ich war der einzige Mann, der in diesem Projekt mitarbeitete. Die Themen des Buchs waren Liebe, verpasste Situationen und „Ja" zum Leben zu sagen. Nahezu ein artverwandter Text des Textes, den du im Moment liest, oder? Ich lache gerade mit mir selbst ...

Zurück zum Thema: Während der Lesungsorganisation war ich einer der Mitarbeiterinnen der Bibliothek, in der die Lesung stattfinden sollte, nähergekommen, ich nenne sie Pink Lady. Wir haben uns auf intellektuelle Art geneckt, uns ausgeklügelte Fallen gestellt und auch sehr viel darüber gelacht. Zudem verbrachten wir inner- und außerhalb der Team-Meetings viel Zeit miteinander, da Pink Lady die Pressearbeit übernommen hatte. Somit war unser ständiger Austausch für das Vorankommen und die Medienarbeit des Projekts äußerst wichtig.

Ich muss gestehen, dass ich heute sehr wohl die Avancen erkennen kann, die sie mir vermittelte. Zudem muss ich mir eingestehen, dass all meine Neckereien als solche verstanden werden konnten. Aber ich beabsichtigte das alles nicht – ich war einfach im Flow und gerade mitten im Prozess, mein Selbst zu akzeptieren, absolut nicht auf dem „Ich möchte einen Menschen kennen- und lieben lernen"-Dampfer. Schon gar nicht wollte ich eine Beziehung mit ihr. Und meine für mich inzwischen akzeptierte Sexualität wirkte, hm, wie eine Art Schutzschild, sodass ich nicht wahrnehmen konnte, welche Signale sie mir sendete, beziehungsweise, welche ich ihr sendete. Oh, Daniel, wenn du einfach mal deinen Blick nach außen gewandt hättest, wäre uns nicht dieser Schlamassel passiert!

Ich springe zum Tag der Lesung. Sie verlief nach Plan: Die Schauspielenden hatten die Texte wie geprobt vorgetragen, erhielten Applaus und die Autorin war begeistert. Sie verkaufte bemerkenswert viele Bücher und schwamm im Glück. Die anschließende Feier im benachbarten Lokal war, wie zu erwarten, recht rauschig und zusammen mit einigen Gästen aus dem Publikum sind wir alle schön versandet. Jedoch schloss das Lokal gegen drei Uhr und wir wollten noch nicht mit dem Trinken aufhören. So meinte Pink Lady, dass wir zu ihr nach Hause fahren und dort noch die Stimmung bis in die Morgenstunden ausklingen lassen könnten. Gesagt, getan, ab ins Taxi. Wir waren noch zu dritt: Pink Lady, die Autorin und ich, warfen uns auf die Wohnzimmercouch und tranken noch eine feine Flasche Wein (gut, bei unserem Alkoholspiegel hätte ein Tetra-Pack Wein völlig gereicht ...)

Die Morgenstunden brachen langsam an, die Autorin nickte glückstrunken kurz ein, schreckte hoch und verschwand im Gästezimmer. Pink Lady und ich waren allein. Ich merkte an, dass ich jetzt nach Hause gehen wolle, jedoch meinte Pink Lady, dass ich im anderen Zimmer schlafen könne, sie habe dort eine Ausziehcouch. Meine Faulheit begrüßte diese Einladung – und ganz im Ernst, aus der Jetztzeit betrachtet: Wie blind und/oder taub war ich damals?! So schwang ich mich samt meines Rauschs auf das ausgeklappte Bett, das unerwartet viel gemütlicher und größer war, als ich vermutet hatte. Ich bekam noch Decken und Polster und konnte mich ins Traumland begeben. Dann hörte ich Pink Lady, wie sie ihre Schlafzimmertür nach dem Zähneputzen schloss. Mein Rausch und das Lavendelkissen, das sie mir überlassen hatte, ließen mich eindruseln. Der Taumel der Feier tanzte noch in mir und fühlte sich schön gebadet im Alkohol.

Ich war kurz vor dem Einschlafen, als ich ein Geräusch hörte. Ganz sanft ging die Zimmertür auf. Pink Lady stand im Türrahmen und sah mich an. Meine schlaftrunkenen Augen nahmen sie wahr und ich wusste nicht so ganz, was und wie mir geschah. In ihrem Schlabberoutfit legte sie sich zu mir ins Bett und küsste mich. Es schien ihr zu gefallen, auch ich schien diesen Kuss in dem Moment gut zu finden. Ich beantwortete sacht ihre Zuneigung und biss ihr sanft in die Unterlippe. Aber sonst passierte nichts weiter. Wir schliefen ineinandergeschlungen ein.

Mittags erwachte ich allein auf der Couch. Als ob nie etwas geschehen wäre. Ich hörte das Scheppern von Tassen und Besteck, wälzte mich aus dem Bett und fragte mich: War das gestern bloß ein Traum?

Ich stand auf und ging in die Küche. Die Autorin war bereits wach, schüttelte sich nervös den Kopf und ihre

Hände waren um die Kaffeetasse geklammert. Sie schien doch etwas zu viel getrunken zu haben. Wir bereiteten gemeinsam das Mittagsbrunch vor. Nach der zweiten Tasse Kaffee verabschiedete sich die Autorin, Pink Lady und ich reflektierten die rauschige Feier vom Vortag.

Irgendwie fand ich alles seltsam. Es war, als ob es den Kuss nie gegeben hätte. Nichts. Wir plauderten über den Abend, über den Applaus, über den Schnaps, über das Zuviel, verloren aber kein Sterbenswort über das ... Ereignis. War es denn passiert? Nachmittags gingen Pink Lady und ich noch zusammen spazieren, jedoch auch da war nichts. Kein Mucks darüber. Hatte ich mir das tatsächlich eingebildet? Nein, es war real gewesen. Oder? Ich war mir inzwischen unsicher, ob es wirklich geschehen war oder ob mir mein Kopf einen Streich spielte.

Spätestens mit dem Abbau der Ausstellung in der Bibliothek ging Pink Lady auf Distanz. Ein Indiz dafür, dass etwas geschehen sein musste, auch, wenn es nur schemenhaft in meiner Erinnerung besteht. Aber – falls es passiert ist – verstehe ich, warum Pink Lady mir aus dem Weg ging. Sie war aufs Ganze gegangen und zeigte mir eine liebevolle Seite. Wahrscheinlich, wenn es denn keine Illusion war, gab sie sich preis und frei.

Im Nachhinein habe ich ein schlechtes Gewissen. Das wird durch das Unausgesprochene noch gefüttert. Ich könnte es mir so einfach machen und sie ansprechen, aber was, wenn ich doch nur geträumt hätte? Und dann, wenn es wahr wäre, wie würde ich reagieren? Wie sie? Wäre es nicht peinlich für uns beide?

Ich hoffe inständig, dass ich Pink Lady nicht verletzt habe, jedoch ist meine Vermutung stark, dass es doch geschehen ist. Ich hatte sie unabsichtlich in eine Falle gelockt, die ich gebaut hatte, ja, sogar zusammen bauten wir daran. Ich war nicht bei Bewusstsein, als ich sie dahin gebracht habe. Setzte sie dann alles auf eine Karte, um mir zu zeigen, was ich für sie bedeutete?

Eigentlich kann ich heute sagen, dass ich ein ziemliches Arschloch war. Ich war nicht ehrlich, nicht mutig genug, um ehrlich zu sein. Das hört sich jetzt nach einer schwachen Verteidigung an, gerade nach dem, was du bereits gelesen hast. Ich meine: Ich habe Typen selbstbewusst angebrezelt, aber Pink Lady gegenüber offen und ehrlich zu sein, schien mir nicht zu gelingen.

Pink Lady, es tut mir leid, dass ich dich verletzt habe. Zumindest vermute ich, dass ich das getan habe. Seither haben sich unsere Wege nicht mehr gekreuzt. Ich frage mich, ob du einen Bogen um mich machst, nur, um keine Erinnerungen wach werden zu lassen. Ich fände ein solches Szenario schrecklich.

Du warst eine Versuchung, meine letzte Versuchung, eine reife Pink Lady. Ich könnte dir jetzt nun und sofort eigentlich eine Nachricht schreiben. Dich um einen klärenden Kaffee bitten, damit das aus der Welt ist. Aber irgendwie schaffe ich es nicht. Es ist bereits einige Jahre her, da gibt es verschiedene Optionen. Vielleicht hast du inzwischen einen Mann gefunden, der dich darüber hinweggetröstet hat. Oder du hast dich selbst verarztet. Es tut mir leid, keins der beiden genannten Szenarien ist „gut". Ich wünsche dir jedoch, dass Option eins real ist und dass er für dich da ist; so wie ich es nicht sein konnte. Du bist etwas Besonderes. Das habe ich auch in unserem Kuss gespürt. Hallo? Ich habe meine Sexualität mal kurzzeitig infrage gestellt, obwohl ich betrunken war. Eigentlich ist das fast schon ein Erfolg! Naja, ich versuche gerade, mir etwas schön zu reden.

Ich schaue den Apfel nochmals an. Ach, du warst meine Versuchung, eine schöne Blüte zum Bestaunen. Ich konnte es nur damals nicht erkennen ... Ich sehe den Sticker auf dem Apfel und pule ihn ab. Heimlich klebe ich ihn in meinen Notizblock, der immer in meinem Rucksack steckt. Eine Frau hat mich beobachtet und sieht mich komisch an. Ich sage zu ihr: „Ich sammle Sticker von Obstmarken." Sie schüttelt den Kopf und beobachtet mich weiter. So gehe ich etwas nach links und komme zu den Bananen. Du wirst dir denken, na klar, jetzt schreibt er von Bananen und klebt sich einen Bananensticker in den Notizblock. Stimmt! Ich hätte auch den von den Bio-Zucchini nehmen können, aber nein, es wurde diese Banane.

Die zwei Sticker sind weiterhin in meinem Block. Irgendwie musste das ja so kommen, dass ich bei den Bananen lande. Ich grinse beim Raub des Bananenstickers vor mich dahin und denke: „Pink Lady, du darfst neben Chiquita bleiben. Für immer, wenn du magst."

9.

Kulinarischer Straßenkuss

Heute habe ich mir eine Hühnersuppe zubereitet. Es ist ein wirklich frostiger, spätwinterlicher Tag (der Wetterdienst hat bereits gewarnt, dass sibirische Kälte hereinbrechen wird), da hilft so ein Süppchen immer. Das lässt man dann köcheln und, das muss ich gestehen, ich liebe die Probierphasen beim Zubereiten. Abschmecken, noch verfeinernde Zutaten dazugeben, herrlich! Da lässt sich's dann abends bei einem Film auf meiner dir bereits bekannten Couch gut aushalten.

Ich blättere so durch das Angebot des Streaming-Anbieters, während ich an meiner inzwischen fertigen Suppe schlürfe (sie ist noch recht heiß, da darf ich schon mal schlürfen; im Gasthaus zeige ich bessere Manieren, aber in den eigenen vier Wänden und noch dazu allein, das darf ich ...) Ich sag's mal provokant: Schlürfen macht glücklich!

Ich stoße auf einen Film, der mich an Tom erinnert. Wir sahen ihn zusammen, ja, es war unser erster gemeinsamer Film, den wir auch durchgehend geschaut haben, ohne irgendwelche ablenkenden Breaks dazwischen. Du weißt ja, Codewort Film schauen ...

Tom war schon ein irrer Typ, alternativ angehaucht, längeres blondes Haar, groß gewachsen, etwas trainiert, hippe Sonnenbrille und strahlend blau-grüne

Augen, die einen wirklich zum Ansprechen animieren – ein *Sunny Boy* vom kalifornischen Strand. Nun ja, kennengelernt habe ich ihn über meine damalige Mitbewohnerin, die mit ihm durch die Stadt zog. Er zierte sich anfangs, weil er gern die Prinzessin raushängen ließ, aber diese Tour konnte ich schnell knacken. Ein nettes Wort hier, ein nettes Wort da, die Hand streifte *unabsichtlich* mal über sein Bein und dann noch der finale Griff zu seiner Hand (tiptop Tipp: Die eigene Hand um die des Gegenübers verschließen, das zieht sofort, da muss man sich anschließend fast küssen) und TADA, der erste Kuss war über die Bühne gebracht. Ich mochte seine leichte Art, er war auch noch belesen und konnte Klavier spielen. Er spielte mir *Claire de Lune* vor, damit knackt man mich ziemlich schnell, so träumerisch schön.

Wir waren von Beginn an recht aneinander interessiert, jedoch fand ich im Lauf der achtmonatigen Beziehung heraus, dass er sie nur aus „Beziehungswillen" wollte und nicht, weil er wirklich eine Beziehung wollte. Sprich, er wollte sich mal an einer Beziehung versuchen und ich schien mich dafür anzubieten. Zumindest vermute ich das mal, denn ich weiß nicht, ob es wirklich so war. Aber ich kann mir mit diesem selbst gefundenen Grund vieles besser erklären, manche bitteren Gefühle leichter erträglich machen.

Mithilfe dieser Gedanken konnte ich die Beziehung zu Tom für mich dann auch zum Abschluss bringen. Wissenschaftler nennen das Phänomen, das Tom vermutlich zeigte, *fobo, fear of a better option*. Weißt du, jemand, der nur etwas beginnt und dann schnell mit dem Argument „Ich habe das Gefühl, dass ich etwas verpasse" wieder beendet. Vermutlich, weil sich da beim jeweiligen Gegenüber schnell der Verdacht einstellt, abgespeist zu werden, hinterlässt jede davor gemeinsam verbrachte Zeit einen herben, bitteren Nachgeschmack. Nicht das gute Bierherb, nein, dieses Herb, das flaumig auf der Zunge klebt. Jeder Versuch, es sich mit den Fingern runterzupulen, misslingt dann kläglich. Vielleicht erzähle ich das noch ...

Seine Freunde waren am Ende sogar auf meiner Seite, da sie nicht verstanden, wie er sich so verhalten, den Verlauf unserer Beziehung so gestalten konnte. Nun ja, inzwischen habe ich ihn mehrmals wiedergetroffen und, sagen wir, seine Einstellung war noch immer gleich. Ich hatte mehrfach das Gefühl, er wolle in meiner Gegenwart jemanden unter Druck suchen und finden. Das tat aus der Ferne sogar beim Beobachten weh. Dieser Schmerz wurde noch durch mein Fremdschämen etwas ... bekräftigt, aber Tom ging bei diesem Wiedersehen allein aus dem Lokal. Nun ja, nur eine kleine Nebenbemerkung. Und für alle hervorgehoben: *face palm*.

Zurück dorthin, wo ich eigentlich hinwollte, wovon ich dir eigentlich erzählen wollte: Bei unserem Kennenlernen hatten wir schnell festgestellt, dass wir beide gute Esser waren. Sprich, wir mochten es, dass der eine wie der andere was vom Kochen verstand und auf gute Ernährung achtete. Da war es schon nahezu Pflicht, dass wir zum *Street Food Festival* gingen, das günstigerweise ein paar Tage später stattfand. Das war ein recht besonderer Abend, denn Tom hatte seine ganze Clique dabei.

Nun, ich bin ja kein unkommunikatives Kind, aber da war schon etwas Aufregung dabei. Ich wurde von seinem besten Freund von oben bis unten gemustert (das war wirklich so ein „Checker-Blick".) Erst einige Minuten später sprach er mit mir, da er, laut eigener Aussage, erst mal ausloten wollte, was für ein Typ ich sei.

Da kam auch ganz direkt die Frage: „Was bist denn du für ein Typ?" (Bemerkung: Das zwar als Frage formuliert, aber laut ausgesprochen nahezu eine Drohung.)

Ich antwortete darauf mit: „Hm, ich würde sagen, *a friendly punch in your face.*"

Anfangs war er etwas ruppig, aber das legte sich schrittweise. Zusammen gingen wir dann durch das Festival und probierten uns quer durch die Weltküche. Tom und ich gingen Seite an Seite, jedoch zierte er sich etwas mit öffentlichem Händchen-Halten – ich wiederhole mich: Er war eine Prinzessin. Ich stellte außerdem fest, dass er zuerst einen Muttrunk brauchte – in Form von Schnaps, den ich schnell organisierte. Natürlich brachte ich einige mehr mit, ich konnte ja seine Freunde nicht aussparen, wollte schließlich einen guten Eindruck hinterlassen. Nach Schnaps Nummer vier ließ sich Tom dann endlich auf den gemeinsamen Bummel ein – wenn er auch immer noch nach Gelegenheiten suchte, den Kontakt zwischen uns zu kappen (zum Beispiel mittels der Aussage: „Schau, das will ich noch probieren" und anschließendem Davonziehen.)

Nun ja, ich hatte mir Tom eingeheimst, also musste ich mir Mühe geben, ihm nachzukommen. Dieses Spiel ging über zwei Stunden und irgendwann war mir das zu dumm. Ich kapselte mich von ihm ab und ging zu seiner Crew, die auch vom Herumstrabanzern müde war. Wir setzten uns einfach mitten auf die Straße, tranken unser Bier und warteten, bis Tom von seiner wundersamen Küchenreise zurückkam: „Ihr könnt doch da nicht herumsitzen? Hier schwingt das Leben, da brodelt die Küche, jetzt hopp, lasst uns weiter schauen und Leute ansehen." Ich hatte genug. Kurz verklickerte ich ihm, dass er das tun möge, ich wollte einfach jetzt ratschen, nicht herumwandern und Bier trinken, zumal ein Großteil des Getränks andere Menschen beim Durchdrängeln begoss. Der feine Herr ließ sich dann doch auch nieder und endlich hatten wir Zeit, uns gemütlich zu unterhalten.

Lustig war dann, dass sich mehrere Menschen zu uns gesellten. Da war zum Beispiel eine Frau, die am Flughafen arbeitete. Sie war für die Koordination der Flüge zuständig und berichtete, wie kompliziert das alles war, dass sie super viel Verständnis für schwule Männer habe, ihr Sohn sei auch schwul. Kurz gesagt: Wir kannten bald ihre ganze Lebensgeschichte. Nun, ich hatte schon einiges getrunken – *business as usual* – also konnte ich das Gespräch wunderbar über mich ergehen lassen.

Dann war da noch eine Konditorin, die sofort sagte, dass sie speziell, wenn wir mal eine Torte bräuchten, gern für uns was backen würde (ich fragte nach ihrer Nummer und überraschte Tom einen Monat später mit einer Kindergeburtstagsfeier und eben einer Torte dieser Konditorin – sie schmeckte fantabulös!)

Und da war auch noch die Universitätsangestellte, die sich mit postkolonialer Literatur auskannte und uns damit plagte. Ja, und noch die besonders große Frau, die ich dann anpöbelte, naja, war wohl keine meiner Sternstunden, eher eine sternhagelvolle Stunde, die mir bald einen wohlverdienten Tritt in meinen Hintern gab. Meinen Wortlaut kann ich nicht mehr wiederholen, Toms Freunde meinten, dass ich in jedes mögliche Fettnäpfchen getreten wäre, auch, wenn sie kilometerweit entfernt gestanden hätten. Meine Reparaturversuche danach seien ebenfalls fürchterlich gewesen.

Da habe ich mich in der Tat wohl nicht sonderlich schlau verhalten: Ich setzte mich zurück auf den Boden neben Tom. Um uns herum gingen Leute vorbei und nach und nach brachte jemand Bier. Nach einer gefühlten Ewigkeit kam wieder ein Unbekannter in unsere Runde. Der sagte eigentlich nur eins: „He, ihr zwei, also, wie sieht's denn aus? Küsst ihr euch jetzt?" Tom grinste in seinen leeren Becher, schaute auf zu mir und blickte in meine Augen. Er beugte sich in meine Richtung und ich beantwortete sein Näherkommen mit einem Kuss. Während des Kusses machte der Fremde ein Polaroid-Foto von uns. Ich habe dieses Foto ausgedruckt und noch immer im Regal stehen. Zwar etwas versteckt, aber es ist noch da. Der Kuss ist voller Kraft und Energie. Ich sehe darauf, wie gern wir uns in diesem Moment hatten, wie sehr wir diesen Kuss wollten. Das Foto ist leicht verschwommen, das macht es eigentlich besonders schön. Leider ist es noch nicht so alt, sonst würde es bereits etwas vergilben. Genau das wünsche ich mir gerade. Dieser Moment besiegelte nämlich, dass ich Tom als Freund wollte. Ich habe sogar seine Eltern zu Silvester kennenlernen dürfen, mein erstes Mal, dass ich die Eltern eines Partners getroffen habe!

Doch wenige Monate später war das Ende nicht sonderlich prickelnd. Seit diesem Moment bin ich nicht mehr zum Street-Food-Festival gegangen. Ich habe die Straßen sogar gemieden, wenn ich konnte, denn noch immer wandert mein Blick auf diesen Fleck. Ich könnte dir noch genau zeigen, wo wir saßen. Ich habe Tom vertraut, er war auch da in diesem Moment, jedoch war der Fall nach unten danach weit und tränenreich, da der Abschluss so brachial und unverständlich für mich war.

Heute ist Tom nicht mehr in meinem Leben. Allenfalls als 0-1-Kombinationen meiner digitalen Medien. Ich habe durch einen gemeinsamen Freund zwei Jahre später erfahren, dass er sich lange überlegt habe, ob die Entscheidung richtig gewesen sei. Er hätte viel saufen müssen, um diese Situation zu überstehen. Tom, von mir zu dir: Deine Entscheidung war richtig. Du wolltest nur eine weitere Porzellanfigur in der Menagerie deiner Erlebnisse haben. Hinter Gittern sitzt unsere Figur nun sicher verstaubt im Regal, denn die Pflege der Beziehung zwischen uns gehörte nie zu deinen Stärken. Die begaffst du besser von außen und belächelst sie wahrscheinlich.

Ja Tom, wenig später habe ich diesen Typen mit den wehenden Fahnen kennengelernt und, klar, da stellt sich aus deiner Sicht vermutlich die Frage, ob ich dich wirklich geliebt habe. Ich sage dir, mein Herz wurde häufiger gebrochen als deins. Ich wusste in etwa vorher schon, wie lang es dir nachweinen, was es brauchen würde, um sich zu erholen, und wann es wieder jemanden begrüßen mochte. Du hast mich verurteilt. Du hast unsere gemeinsamen Freunde dazu gebracht, dass sie sich nicht trauten, dir zu sagen, wann ich allein mit ihnen etwas unternahm. Dieser ganze Aufwand für was?

Ich rühre mit dem Löffel durch meine Suppe. Schneller und schneller, sodass sich die Fetttröpfchen vermischen und wieder an die Oberfläche kommen. Sie bilden ein Gesicht und schauen mich an. Es scheint, als bewege die Hühnersuppe ihren Mund. Ich höre genau hin, ja, ich höre ganz genau hin:

„Tom wollte bloß einen Bettgefährten, sieh es doch ein!"

„WAS? NEIN! Was hast du denn für eine Ahnung? Du bist doch bloß eine depperte Suppe!"

„Aber doch regt dich diese Aussage auf, oder warum brüllst du gerade eine einfache *depperte* Suppe an, hm? Willst du etwa ..."

Ich rühre energisch in der Suppe rum, sodass die letzten Worte nicht mehr hervorkommen. Gleichzeitig bemerke ich, dass mein Puls steigt. Ich fasse mir an den Kopf und haue mich zugleich mit dem Löffel darauf.

„Aua!"

Diese Suppe ist imstande, mich nicht nur mitten ins Herz zu treffen, sondern schafft es sogar, mir eine zu hauen. Ich blicke in meinen Teller und entdecke, dass sich wieder ein Gesicht bildet. Meine Fingerkuppen ... sie beginnen, feucht zu werden. Aus einem unerwarteten Impuls heraus nehme ich den Teller, eile ins Bad, noch bevor sich die Fratze in der Suppe erneut bilden kann, stürze sie ins WC und drücke die Spülung. Einmal. Zweimal. Dreimal. Vor dem dritten Mal gebe ich sogar noch Fettreiniger in die Kloschüssel, damit sich ja kein Fett irgendwo festhalten kann. Unerwartet erschöpft setze ich mich auf meine Couch. Meinen erhöhten Puls spüre ich weiterhin.

Mir geht vieles durch den Kopf, durchs Herz. Ich halte mir vor Augen, dass ich nicht Toms Plan A war. Er wird jemanden finden, der das sein wird, der ihm das geben wird, was ich nicht konnte. Wir sind beide daran gewachsen, dass wir uns begegnet sind. Und auch ich finde den Plan A ...

10.

Hundefilzknäuel

Ich spaziere am Fluss entlang zur Arbeit. Ich mag das Rauschen am Morgen, denn es bringt so vieles mit sich. Nach stürmischen Nächten schwimmt da mancher Baum gen Süden und an andren Tagen surfen Enten auf den Wellen. Zudem treffe ich auf diesem Weg stets Leidensgenossen: Manche sehen aus, als ob sie dringend noch einen Kaffee bräuchten, bevor sie den Tag beginnen könnten, andere rennen sportiv (da bekomme ich meinem Körper gegenüber ein schlechtes Gewissen – ich bin in einem Fitnesscenter eingeschrieben, aber sehe die Fitness prinzipiell bloß von außen #mybodyismytemple), wieder andere haben den Schulranzen hip um die Schulter geworfen (ach, Zögling) und Hundebesitzende bringen ihr Getier noch auf eine Pipi-Runde – denn Pipi geht immer! Um die letztgenannte Personengruppe mache ich vorzugsweise einen kleinen, kaum merklichen Bogen, weil ich Katzenmensch bin. Hunde, ja, sind treu und folgen ihrem Herrchen oder Frauchen. Aber ich hatte ein traumatisches Erlebnis in meiner Kindheit mit Opas Hund und seither sind mir diese Tiere, nun ja, auf weiter Distanz lieber. Dennoch habe ich einen Hundebesitzer gedatet, der mir etwas die Kynophobie (ok, so riesig ist meine Angst dann auch wieder nicht ...) genommen hat. Lass mich erzählen, wieso ich einen zweiten Grund habe, Hunden, oder besser Hundebesitzern, nicht mehr mit purer Freude zu begegnen.

Es war – wieder einmal – Ostern. Ich hatte die Nase voll von Onlinedating, war – wiedermal – der Meinung, dass ich das nicht bräuchte, und löschte – wiedermal – alle entsprechenden Apps. Ich fühlte mich, als ob ich mich eines gewissen Gewichts entledigt hätte, denn ich sah mich nicht mehr gezwungen, die App kontinuierlich zu konsultieren, meine potenziellen Likes – oder gar künftige Ehepartner! – zu checken.

Aber da gibt es ja noch die „normalen" sozialen Medien, in denen ich auch so meine Neugierkreise drehte. Etwa den Klassiker, Facebook. Ich scrollte nach unten und der Algorithmus empfahl mir Personen, die ich vielleicht kennen könnte. So streifte ich über Gesichter und da war dann – nennen wir ihn thematisch passend – Rex. Magnetisch gezogen, bewegte sich mein Finger zum Bildschirm, klickten auf sein Bild – dann dachte ich mir: „Dieser Grinser. Ganz schön frech." Ein Feuerkopf mit Mehr-Tage-Bart und – den Profilfotos zufolge – einer Vorliebe für T-Shirts mit bunten Aufdrucken. Ein kleines Gedankenspiel begann und ich sah ihn mit mir vor dem Altar stehen. Von einem zum anderen Gedanken? Vielmehr von einem Gedanken zum Finale! Daher wischte ich mir schnell mit den Händen übers Gesicht, um dieses Gedankenschloss zu vertreiben. Nicht die Katze im Sack kaufen, ohne überhaupt einen Kaufvertrag aufgesetzt und das

Produkt ordentlich angeschaut zu haben! Also begann meine – „Recherche".

Ich tippselte so durch seine öffentlichen Beiträge und war mir relativ sicher, dass er geneigt sein müsste, das gleiche Team wie ich anzufeuern: politische Statements, Kommentare zu Gleichberechtigung aller und die obligatorisch dazu passende LGBTQI*-Regenbogenflagge (mein Korrekturleser hat mich darauf aufmerksam gemacht, dass ich doch FABGLITTER als Abkürzung verwenden solle.) Das reichte mir als Indiziz, um die Sicherheit zu gewinnen, dass eine Kontaktaufnahme möglich sei und sogar Richtung Hochzeit gehen könne. Das Luftschloss meldete sich wieder.

Ich war so weit gekommen, dass ich die Daniel'sche Feuerwehr rufen musste – sie kam auf Knopfdruck, befestigte einen Ventilator auf meinem Kopf und der blies das schöne Schloss davon. Ruhigen Kopf bewahren! Noch ein Resümee: Inspektor Gadget, die Spurensuche war abgeschlossen. Die Wahrscheinlichkeit einer erfolgreichen Kontaktaufnahme besteht und ist nicht allzu schlecht. Aber welchen Trick sollte ich verwenden?

Und dann ... wurde ich zornig auf mich selbst. Ich hatte erst kürzlich alle Dating-Apps gelöscht, wollte meinem Seelenfrieden Raum geben und schon hechelte ich auf einer anderen Plattform gleich wieder einer Person nach. Die Feuerwehr schellte Alarm, ja sie liefen mir bereits nervös vor meinen Fingerspitzen entgegen und ... Zu spät: Der *Go Go* Gadget-Anstupser wurde bereits gegen den Willen meines Kopfs und der gesamten Feuerwehrmannschaft, die sich kopfschüttelnd zum Einsatzfahrzeug bewegte und den Ventilator einpackte, durch meinen Finger umgesetzt. Das konnte doch nicht wahr sein!

Wie heißt es so schön: Der Geist ist willig, doch das Gedankenschloss ist williger. Oder so ähnlich. Ich sollte mir diesen Spruch tätowieren lassen. Immerhin stellte ich (etwas unzufrieden mit meinem Geist) fest: Mein Finger war zum wiederholten Mal schneller als mein Hirn. Ich beruhigte mich mit: Warum nicht? Damit lässt sich vieles erklären.

Mit solchen Überlegungen ließ sich mein Hirn vorläufig abspeisen, warnte mich jedoch, dies müsse jetzt endgültig das letzte Mal sein, dass ich so etwas gemacht habe. Es maulte noch vor sich hin, ja wollte bereits die Feuerwehrmannschaft erneut ausrücken lassen, da meldete sich ein hoher Piepston aus dem Wolkenschloss und ließ jede schimpfende Stimme leise werden. Es kehrte eine „eintönige" Ruhe ein und all jene guten Nicht-Dating-Vorsätze waren sacht verstummt.

Entspannt lehnte ich mich zurück und genoss diesen Laut, bis – huch? Minuten später kam ein Stupser retour. Aja, das war ja erfreulich. Oder bloß Langeweile seinerseits? Ich wollte es nicht beim Zufall belassen und stupste zurück. Um die Geschichte etwas abzukürzen: Wir stupsten noch einige Stunden hin und her, dann gab ich mir den Ruck, Rex eine Nachricht zu schreiben. Die anfängliche Konversation war unterhaltsam und wir vereinbarten für den nächsten Tag einen gemeinsamen Spaziergang am Fluss.

Ich war bereits an der vereinbarten Bank angekommen. Aus der Ferne konnte ich erkennen, dass er es war. Er war aber nicht allein. Sein Hund war dabei. Ich hatte in unserem Erstchat durchaus klar gesagt, dass ich nicht hundeaffin sei und er hatte versichert, dass ich mir keine Sorgen machen müsse. Meine Gedanken rasten dennoch: „Oh Gott, er hat das Getier mit. Er hat es mit. Mein Puls steigt. Meine Angstzehe wackelt. Jetzt ruhig bleiben! Aber wie?" In mir war leicht aufgestaute Energie. Die musste raus, ansonsten wäre die Entspanntheit bei diesem ersten Date verloren. Die Coolness, die ich mir hie und da zuschreibe, wäre dann durch peinliche Brabbeleien vollkommen erstickt worden.

Er war nun wenige Meter von mir entfernt, da preschte ein Laut förmlich aus mir raus: „Hey!!" Ja, zwei Ausrufezeichen. Zugegebenermaßen etwas laut für erste Begegnungen, dennoch: In der Retrospektive betrachtet, wirklich nicht uncool. Wenn auch etwas schräg. Mit diesem Ruf war meine Nervosität weg. Und das war gut so, denn jetzt war mein Gefühlsstatus etwas besänftigt. Der anfänglich geplante Spaziergang wurde durch Kaffee und Kuchen verlängert und wir blickten in die nahe Zukunft: Man wollte sich am nächsten Tag nochmals treffen – zu meiner Freude ohne Hund.

Ich muss gestehen, Rex hatte vieles, was ich in einer Wunschbeziehung haben wollte: Wertvorstellungen wie Treue, Ehrlichkeit und Stabilität standen bei ihm ganz oben. Noch mehr sprang mein Hirn an, als ich hörte, dass der monogame Lebensstil dem seinen sehr entsprach.

Darf ich kurz anmerken: Eine Rarität unter den menschlichen Wesen, die ich über die Jahre kennengelernt habe. Zudem warf ich Stöckchen, die er mir brav wieder brachte. Dieser Satz ist vielseitig interpretierbar. Lass keine Interpretation aus! Ich meine wirklich alle Verständnisvarianten. Alle.

Zudem war er auch noch theateraffin und begeistert davon, dass ich in so vielen Projekten mitwirkte. Er hatte auch mal die Bühne erklommen, zwar lag seine letzte Produktion schon sechs Jahre zurück, dennoch war es sein Bestreben, diesem Vergnügen wieder Ausdruck zu geben. Etwas möchte ich dir noch kurz sagen: Merk dir diese Zahl: sechs Jahre. Back to Rex, ich entschloss mich, dass ich Rex besser kennenlernen wollte, da sozusagen Potenzial bestand; *yet, better the devil you know.*

Ich springe nun rund einen Monat in der Timeline nach vorn. Es war Sonntag. Meine Theatergruppe war damit beschäftigt, Videos für eine neue Produktion zu drehen, und ich war natürlich mit am Start. Rex wünschte mir viel Erfolg, denn es lag einiges an Arbeit vor uns. Die Dreharbeiten zogen sich fast über den ganzen Tag und Rex erkundigte sich mehrmals, wie es denn aussähe und ob wir uns am Abend sehen könnten, da er etwas zum Abendessen für uns vorbereitet habe. Entzückende Fürsorge, aber der Dreh zog sich, darum wollte ich nichts versprechen, denn sollte ich abends dann zu k.o. sein, wollte ich meine Ruhe haben und nicht bei ihm schlafen.

Es war dann 19 Uhr geworden und unser Kameramann brachte mich nach Hause. Ich schleppte mich durch die Eingangstür, sah ungelesene Nachrichten auf dem Handybildschirm, legte es beiseite, knallte mich auf meine Couch und atmete tief durch. Nein, um ehrlich zu sein, ich war so fertig, dass ich eine Zigarette in meiner Wohnung anzündete. Das mache ich wirklich nur in den seltensten Fällen, da ich den Gestank aus den Möbeln nie wieder rausbringen werde. Aber jetzt musste es einfach sein.

Nach diesen Minuten des tieferen Atmens schrieb ich Rex, dass ich noch beim Dreh sei. Ja, ich formulierte eine Notlüge. Ich wollte einfach Zeit für mich haben. „Ja, kein Problem, melde dich einfach," schrieb er. So machte ich mir etwas zu essen und dachte darüber nach, was ich mit dem heutigen Abend noch anfangen sollte. Ich schwang mich unter die Dusche, während meine Tiefkühlpizza langsam fertig wurde.

Mit vollem Magen – aber immer noch *brain dead* – konnte ich den Entschluss fassen, dass ich doch zu ihm gehen wollte. Ich schrieb, dass er schon essen solle, denn ich hätte auch bereits gegessen und würde in einer Stunde bei mir losgehen, sodass wir danach einen Film schauen und gemeinsam einschlafen könnten. Ich hätte jedoch die Auflage, dass ich am Morgen spätestens um neun Uhr wieder bei mir sein müsse, da ich noch einiges für die Arbeit vor- und nachzubearbeiten hätte. Er willigte ein, denn er musste ebenso zeitig aus dem Haus und zuvor noch was im *Home Office* erledigen.

Diese Nacht war unsere zweite gemeinsame und ich freute mich auf Gemütlichkeit und Knuscheleien. Ich schlug vor, dass er sich langsam auf den Weg machen solle und wir könnten uns dann mittendrin treffen. Also sollte der Bahnhof Treffpunkt sein. Wenig später ging ich los, um pünktlich zu sein und stellte dann etwas verdutzt fest, dass er nicht dort war. Zuvor hatte er mitgeteilt, dass sein Handy kaum mehr Akku habe und wir uns nicht mehr anrufen könnten.

Ich hasse es zu warten, vor allem, wenn die vereinbarte Zeit bereits verstrichen ist. Ich wurde ungeduldig und versuchte ihn anzurufen. Erfolglos. Ich ging etwas weiter und versuchte zu erahnen, aus welcher Himmelsrichtung er kommen könnte. An der nächsten Kreuzung (Fußmarsch von fünf Minuten), war immer noch keine Rexseele da. Ich wollte bereits umkehren, aber dann sah ich ihn aus einer anderen Richtung kommen. Es gab eine Entschuldigung, die ich annahm, und freute mich, dass ich bald in ein Bett kommen würde, denn ich war müde, bereits gereizt und erschöpft vom Tag und der Sucherei – aber: falsch gedacht! Ich kam nicht zu meinem heiß ersehnten Bett. Er bat mich noch, mit auf eine Hundewiese zu kommen, da sein Getier noch etwas Auslauf brauche. Was sollte ich denn anderes sagen als ja? Natürlich war ich grummelig, denn ich war müde. Wir saßen eine halbe Stunde dort und brachen dann Richtung Wohnung auf. In dieser Zeit wachte ich ein bisschen auf und erzählte vom Dreh, wie es lief und wie cool die Arbeit heute war. Während meiner Erzählung wurde ich mehrmals unterbrochen. Rex entdeckte Objekte (zum Beispiel den Mond) und zitierte aus dem Stück, in dem er seinerzeit mitgespielt hatte. Irgendwann wurde mir das zu bunt und ich machte ihn darauf aufmerksam, dass das einfach unhöflich sei. Es entstand Schweigen, bis wir in seine Wohnung traten.

Ich kann mit solchen Aktionen nicht gut umgehen. Wenn der Spotlight auf mir ist, will ich ihn auch fokussiert behalten. Wenn das Backchannelbehaviour unpassend ist, muss man doch darauf reagieren können, oder nicht? Das Schweigen im Anschluss war unangenehm, aber ich wollte das durchstehen, um zu sehen, wie er das löste.

„So, dann sind wir da." Das Eis war wieder gebrochen. Ich haute mich auf die Couch und freute mich auf den Film, den wir anschauen wollten. Er bemerkte, dass er noch nichts gegessen habe. Ich sagte, dass das blöd sei, da wir so nicht angenehm Film schauen könnten. Gefühlte tausend Stunden verbrachte er damit, dass er eine Entscheidung traf und sich dann Bratwürste zubereitete. Ich befasste mich dazwischen mit Social Media sowie dem Aussuchen eines Films. Es sollte eine Komödie sein, leicht und luftig. Meine Vorschläge wurden mit „Das habe ich erst kürzlich gesehen" oder „Echt? Das willst du schauen?" abgetan und somit kamen wir zur Entscheidung, dass wir eine britische Komödie sehen wollten. Wiedermals gefühlte tausend Stunden später gesellte er sich zu mir auf die Couch und wir begannen, den Film zu schauen (denn zuerst wurde noch gegessen). Ich schlief nach der ersten Viertelstunde ein, da ich einfach zu erschöpft vom ganzen Tag war. Nebenbei bemerkt: Das Hündchen schlief neben uns. *Doggy Style.* Definitiv gewöhnungsbedürftig.

Am nächsten Morgen bimmelte uns der Wecker heraus und ich fragte Rex, ob ich duschen könne. Er bejahte. Ich machte mich auf den Weg ins Bad. Zuvor fragte er, ob ich Kaffee wolle. Ich bejahte. Er verneinte dann den Besitz von Kaffee und bot mir Tee an. Dann möge es Tee sein. Nach dem Düschern – so wie ich das lieber sage, das Wortpatent geht jedoch an eine meiner besten Freundinnen – rief ich nach ihm, fragte, welches Handtuch denn meins sei. Er eilte durch die Wohnung, brachte mir ein frisches Handtuch und begab sich wieder in die Küche. Ich faltete es auseinander. Auf dem Handtuch waren kleine Bommel zu erkennen. Zunächst dachte ich mir nichts dabei, aber dann begutachtete ich das ein bisschen genauer Es waren Filzknäuel. Hundefilzknäuel.

Ich möchte dich daran erinnern, dass ich kein Hundemensch bin: „Ähm, Rex, hast du zufällig ein anderes Handtuch? Auf dem hier sind Hundefilzknäuel."

„Nein, die sind in der Wäsche, aber das macht doch nichts! Ich koche meine Handtücher aus."

Es schauderte mich und Ekel krabbelte mir über den Rücken. „Echt? Ich finde das nicht so prickelnd."

„Nein, ich habe kein anderes." Der Schauer überkam mich wieder und flatterte über meine Frontseite. Ich betrachtete das Handtuch genauer, suchte nach den knäuelfreien Ecken und tupfte mich trocken. Am Morgen solch eine Anstrengung zu erleben – naja, nicht der beste Start in den Tag. Ich entschied mich, über dieses *Ereignis* gekonnt die Betondecke des Schweigens zu legen, denn es wäre eigentlich Anlass genug gewesen, mich aufgrund des fehlenden Wohlseins nicht mehr hier blicken zu lassen. Ergo, ich riss mich zusammen. Ich musste tief atmen und das über mich ergehen lassen.

Tupf.

Tupf.

Tupf.

Zeitsprung, es braucht jetzt einen kleinen Zeitsprung zum getrockneten Daniel.

Rex saß vor seinem Laptop, ganz vertieft. Er deutete auf meine Tasse Tee und ich fragte: „Was machst du?"

„Ich habe dir doch gesagt *Home Office*."

„Aha, das muss jetzt sein?"

„Ja."

Aus war die Vorstellung vom gemütlichen Frühstück am Morgen. Ich nippte an meinem Tee und dachte, dass ich mir das jetzt ein Weilchen anschauen mochte, bevor ich den Bus zurück in meine Wohnung nehmen wollte. Nach einer Weile der Stille fragte er mich:

„Bist du grummelig?"

„Nein."

Natürlich war ich grummelig. Ich war bei ihm – das allerzweite Mal – und spielte die zweite Geige. Aber ich brachte die Wahrheit nicht über meine Lippen. Ich wollte, dass Rex das von selbst verstand. Aber – inzwischen glaube ich, dass Männer das nicht können. Ich bin selbst einer. Ich spreche aus Erfahrung. Ich schaute nach, wann mein nächster Bus fuhr. Zehn Minuten. Perfekt.

„Ich nehme den nächsten Bus. Werd' mich fertigmachen und losgehen."

„Okay."

Langsam klaubte ich meine Sachen zusammen und verabschiedete mich mit einem Kuss sowie der Aussage: „Wir hören uns später." Als ich beim Schuhanziehen war, sprach er von noch zu digitalisierenden Dokumenten. Das war der Moment, in dem ich dachte: „Nein, der Herr vor mir ist viel zu sehr mit sich selbst beschäftigt."

Ein Abschiedsgruß und raus. Ich beendete unser „Gspusi" (= kleine Romanze) dann deshalb, weil ich nicht die Aufgabe übernehmen wollte, eine Beziehung allein zu managen, mein Leben zu managen und dann noch das seine. Ich wollte dieser Aufgabe auch gar nicht gewachsen sein. Klar, wenn ich mich einem Menschen nähere, will ich Teil seines Lebens sein und nicht nur Sexpartner, sondern Stütze in vielen Belangen. Jedoch lag sein Fokus auf sich und seinem Leben.

Dieses Erlebnis verdeutlichte mir, dass Rex' Fundament noch unfertig gegossen war. Darauf wollte ich keine stabile Beziehung bauen oder mich darauf verlassen, dass es mein Gewicht schon tragen würde - ein von Anfang an verlorenes Jenga-Spiel. Ich sagte Rex, dass unser *Uns* ein anderes Ziel habe.

Seither hören wir uns sporadisch. Die Konversationen sind nett, ja wirklich, aber ich sehe in ihm nicht mehr das Luftschloss. Über unsere Werte definiert, war die Wellenlinie vielversprechend gewesen, aber das war bloß ein kurzer Eindruck. Ich muss es zugeben, wenn auch etwas leise: Hirn hatte schlicht und einfach recht. Etwas mürrisch versorgte es mich mit Kopfschmerzen. Ich konnte ihm nicht böse sein. Nein, die hatte ich verdient.

Im Moment beobachte ich, wie ein Baumstamm im Fluss schwimmt. Sein Ziel ist ungewiss. Der Stamm schaukelt über das Wasser und zieht an mir vorüber. Menschen gehen vorbei. Hunde werden von mir nach wie vor umgangen. Belassen wir es bei diesem Ausspruch: *There is such a thing as bad timing.* Schon wieder ein Madonna-Zitat.

Nein, damit kann ich dieses Kapitel nicht beenden. Wie wär's denn damit: Ich bin definitiv ein Katzenmensch.

11.

Das Salatblatt im Sandwich. Oder: Die Rückkehr des Filzknäuels

Auf dem Weg von der Arbeit nach Hause bin ich heute nicht allein. Meine Arbeitskollegin – die mit der Notfallschokolade – wollte mit mir spazieren gehen, da sie sich den Kopf frei machen und mich besser kennenlernen möchte. Die Idee ist gut und so schlendern wir Richtung Altstadt, um dort einen After-Work-Drink zu uns zu nehmen.

Elisabeth ist eine sehr belesene und politisch interessierte Frau, zudem ist sie neugierig – auf die freundliche Art. Ich kann erkennen, dass in ihr eine Frage brennt, da sie etwas um den heißen Brei herumredet. Die Frage wird wohl gestellt werden, wenn wir sitzen; kurz gesagt: das Opfer einkreisen und dann gekonnt zuschlagen – ihre Mediatorinnenausbildung schlägt durch.

Wir bestellen einen Aperitif und – zack – wie erwartet, stellt sie folgende Frage: „Daniel Sebastian [nota bene, sie setzt fachmännisch/fachfrauisch meinen zweiten Namen ein!], als ich dich damals mit der Schokolade getröstet habe, ging mir viel durch den Kopf. Dich so zu sehen, dann auch noch deine Abwesenheit die Tage darauf ... Ich habe mir große Sorgen gemacht. Mir schwirrten viele Fragen durch den Kopf, die ich dir gern stellen möchte. Die sind persönlich. Darf ich?"

Wie gesagt, meisterhaft eingefädelt, ich kann da wohl nicht Nein sagen, aber: „Klar, ich kann ja dann entscheiden, ob ich das beantworten will."

Nach einem Plausch zur Situation, wie sie damals war und was geschehen ist, bestellt sie eine weitere Runde Aperitifs, bedankt sich für meine Geschichte und setzt ihre Fragerunde fort: „Wie lernst du eigentlich neue Männer kennen? Ich mein, klar, es gibt Kneipen hier und Dating-Apps, aber wie erfolgreich ist denn das?"

Vielleicht ist das schon die Frage, die sie wirklich stellen wollte. Die Frage ist mir etwas peinlich, aber was habe ich schon zu verlieren? Ich fasse mein Herz – schließlich mag ich sie ja – und beginne, ihr von meinen Datingerfahrungen zu berichten. Von den meisten kannst du hier im Buch lesen, etwa von Filzknäuel, ich möchte mich nicht wiederholen, aber dann, dann erst stellt sie jene Frage, eine sozialpolitische Frage, womit ich ihre Taktik durchschaut habe: „Ja und was ist mit der Regenbogenparade? Warst du da schon mal? Wie findest du die eigentlich?" Die zweite Frage ist es, die sie interessiert. Bevor ich darauf eingehe, werde ich etwas ausholen müssen und ihr von meiner ersten und bisher einzigen Erfahrung mit der Regenbogenparade berichten. Und dir eben auch.

Es war ein Samstag im Juni. Das Wetter war schwül und jeder erhoffte sich einen Platzregen. Die Stadt war voll mit Regenbogenfahnen und die Strecke der Parade, die bei mir am Haus verlief, war bereits gefüllt mit trinkfreudigem Fußvolk.

Ich zog meine Gardinen zu, denn die mitgebrachten Lautsprecher so mancher ... Aktionisten ... waren nervtötend. Insgeheim wünschte ich mir, heißes Wasser nach unten schütten zu können, da ich meine Ruhe wollte, aber ich befand mich nicht auf einer mittelalterlichen Burg in der entsprechenden Zeit. Schlussendlich war ich doch froh, dass ich ein ganz anderes Tagesprogramm geplant hatte: Eine gute Freundin spielte heute mit ihrem Team das Finalspiel. GO SPORTS! Nein, Sport interessiert mich kaum, aber gemäß meiner bisherigen Zuseh-Erfahrung waren männliche Spieler als Cheerleader da und Bier gab es natürlich auch. Diese Erkenntnis teilten weitere Freunde von mir: Egal, wie orientiert, es hatte jeder was zum Anschauen.

Bereits um zwölf Uhr hatten wir einige Getränke konsumiert und begannen, die Spielregeln (abermals) zu verstehen und erfolgreich wieder zu vergessen. Das Turnier dauerte bis in den späten Nachmittag und eine Stunde vor der Preisverleihung schlug Paul, ein Freund von mir, vor, dass wir woanders hingehen sollten, denn hier war alles zu Ende, der zweite Platz war den lokalen Frauen sicher und er wollte weiter. Meine Nachbarin stimmte zu und war offen für Vorschläge: die Regenbogenfete im Stadtpark.

Ufff, wirklich?

Ich versuchte, die anderen davon zu überzeugen, dass das überteuerte Bier, die Möchtegernaktionisten und Frischfleischspanner nicht dazu beitragen würden, einen entspannten Nachmittag zu vertrinken. Ich sagte, dass ich es traurig fände, dass solche Paraden heute noch existieren müssten, denn es zeige, wo wir gesellschaftlich stünden und eine Randgruppe – das Wort kam noch häufiger vor als jetzt – an einem Tag extra finanziell auszunehmen, fand ich unpassend; so wie meine Kleidungswahl für das Turnier – meine Eitelkeit wollte ebenso wenig auf der Parade sein.

Ich ließ mich schließlich davon überzeugen, dass die anderen einfach hingingen und mich allein hier sitzen lassen würden. *Damn you!* Sie wussten, wie sie mich rumkriegen konnten: der alte Trick 13 namens Gruppenzwang. Nun gut, wir gingen also *gemeinsam* hin.

Der Stadtpark, der als Veranstaltungsort für das illustre Event diente, war farbenprächtig verwandelt worden: Getränke- und Infostände, Luftballons, Konfetti, eine Bühne mit Live-DJs und Bands, Menschen in skurrilen sowie faden Outfits – ich musste mich für meine Schlabberhose nicht schämen, sie war tatsächlich in Ordnung. Wir betrachteten diesen Käfig voller Narren mit Witz, Freude und mehreren Bieren.

Später hatte ich zwei in Lack und Leder gekleidete Jungspunde an der Leine, die all meiner Fragen mit „Wuff" beantworteten, sich an meine Beine schmiegten und mich dazu brachten, dass ich mich schlussendlich zu Boden warf und „REIZÜBERFLUTUNG!" rief.

Keiner war darauf vorbereitet, die *Puppies* fielen sofort aus ihrer tierischen Rolle und fragten mich nach meinem Befinden. Eine laute, etwas hämische Lache kam aus mir herausgepustet: Ich hatte sie ausgetrickst, denn ich wollte sie dazu bringen, mit mir zu sprechen und ihre Rolle, wenn auch nur kurzzeitig, aufzugeben. Gewiss etwas gemein von mir. Die *Puppies* waren davon nicht begeistert und wünschten sich, dass, anstatt mich zu bestrafen, ich sie bestrafen solle. Mir blieb keine andere Wahl, als die von ihnen gewollte Lösung umzusetzen. Es war mir fremd, jemandem mit einer Lederpeitsche das Gesäß zu versohlen. Ich tat es bloß, um die Wogen wieder zu glätten. Sie jaulten auf und wirken – auf Basis meiner Beobachtung der Wedelbewegung ihrer Lederschweife – glücklich.

Diese Aktion sorgte dafür, dass sich mehr Menschen um uns sammelten – gleichzeitig zogen sich meine Freunde etwas zurück. Ungewollt (naja, fast ungewollt) hatte ich die Aufmerksamkeit auf mich gezogen und viele Menschen wollten mit mir sprechen. Das sollte der Moment sein, in dem ich wirklich „REIZÜBERFLUTUNG!" rufen wollte, aber dann hätte es mir niemand geglaubt. Also unterdrückte ich dieses Gefühl und ließ mich von Gespräch zu Gespräch treiben. Einer, ich nenne ihn Salatblatt, hatte eine hohe Wiedersehensfrequenz, da er sich stets erneut in die Reihen schmuggelte. Sein Geflirte war so gespickt mit gekonnten Beleidigungen, Doppeldeutigkeiten und eloquenten Wortspielen, dass Salatblatt meine Aufmerksamkeit wohl etwas mehr verdient hatte. Ich flüsterte ihm zu, dass ich ein Getränk holen werde und er die Gelegenheit wahrnehmen solle.

Ich stellte mich an die Theke, die von einem halbnackten Barkeep bewirtet wurde. Salatblatt sorgte dafür, dass meine Aufmerksamkeit schnell wieder vom von dem Mann hinter der Bar abkam und wir quasselten. Hier ein Auszug aus seinem Monolog (den ich auch proaktiv verfolgte): Er war etwas jünger als ich, aufstrebender Theatermacher (meine volle Aufmerksamkeit war schnell gegeben: Er schmuggelte beim Kennenlernen gekonnt Zitate aus Romeo und Julia ein. Hm, hat er das wohl gerade im Studium behandelt?) Er war glücklich darüber, eine enge Bindung an seine Familie zu haben (nahezu eine Rarität, meine Aufmerksamkeit wurde weiter erhöht).

Nachdem er Rückfragen zu meinem Leben gestellt hatte, antwortete ich – für mich selbst unerwartet – etwa Folgendes: „Hey, Salatblatt. Ich wollte eigentlich heute gar nicht hier sein, mich interessiert diese Veranstaltung kein bisschen. Zudem bin ich der Ansicht, dass du noch vieles zu erleben hast und vielleicht ist es gut für dich, wenn du deine Flirterei bei jemand anderen anbringst." Er lehnte das ab, sagte, dass er mich einfach gut fände und so weiter und sofort.

Ich wollte mich und ihn bloß davor bewahren, dass wir begannen, ein Luftschloss zu bauen, das durch den nächsten Windstoß zerbersten würde. Aber ich schenkte ihm Glauben, bestellte Gin Tonic und wir absolvierten weitere spannende Gespräche wie auch

Tänze in der Partymeute, bis er schließlich gegen 21 Uhr (ach ja, meine Freunde hatten mich inzwischen meinem Schicksal überlassen, war auch so zwischen uns abgesprochen) meinte:

„Wir sollten noch zu Afterparty gehen, was meinst du?"

Ich war hin- und hergerissen. Mein Alkoholspiegel im Blut reflektierte bereits meine morgigen Kopfschmerzen. Zudem wollte ich – wie gesagt – ja eigentlich hier gar nicht sein.

„Gehen wir noch zu Hannah, da trinken wir noch was, dann gehen wir hin," kam es aus mir rausgeschossen. Alkohol sprach aus mir. Sobald Alkohol aus mir zu sprechen beginnt, hört er so schnell nicht mehr damit auf.

Hannah war zufälligerweise eine gemeinsame Bekannte, die auf dem Weg zur Afterparty wohnte. Sie servierte uns Essen und Gin Tonic. Alkohol war entzückt, übernahm das Steuer und *Mojo*, der alte Zauberer, war voll dabei. Die beiden leiteten meine Flirtstufe 2 ein: „unabsichtliche" Berührungen. Meine Ratio wollte sich melden, wurde jedoch mit mehr Gin Tonic ruhiggestellt. Salatblatt bemerkte diese Anspielungen, ließ sie unkommentiert, ja fast schon gleichgültig zu. Dennoch beantwortete er jede meiner Flirtstufen mit derselben. Kurz wurde auf Flirtstufe 5 geschaltet: Salatblatt hatte eine Wimper im Gesicht, die ich zärtlich entfernte. Ich erkannte in seinem Blick, dass er mehr wollte. Alkohol ließ meine Lippe etwas sinken, aber just in diesem Moment kam Hannah aus der Küche und verkündete, dass es Zeit sei, zur Afterparty zu gehen. Alle sprangen auf, denn Hannah war es ernst: Sie wollte tanzen.

Dort angekommen, war ich etwas erstaunt darüber, dass die Veranstaltungshalle nicht komplett voll war. Dennoch sprangen wir alle sofort zum Abshaken. Es waren einige bekannte Gesichter da, jedoch war der Großteil vom Park nicht dabei. Dafür waren neue Personen anwesend. Von hinten wurden mir die Augen zugehalten: Rex.

„Traritrara, wie geht's et cetera et cetera."

Natürlich war er bei solch einer Party dabei, aber ich war nicht darauf gefasst. Rex kommentierte, dass er mich mit Salatblatt schon auf der Tanzfläche gesehen hätte. Er hätte nicht dazu stoßen wollen, da wir so toll getanzt hätten. Salatblatt bekam diese Aussage mit und meinte, dass er offen für weitere Tanzpartner sei. *Oh lord!* In einem ruhigen Moment wenig später flüsterte ich Salatblatt zu, wer Rex war. Gemäß der Tollpatschigkeit seines Angebots meinte er: „Das war ein Schuss in den Ofen." In der Tat.

So mussten wir zurück auf die Tanzfläche und es kam noch ein weiterer Rex (einfachheitshalber nenne den „Neuen" Rex II) dazu. Rex holte Rex II wohl vermutlich, um mich von Salatblatt wegzuziehen, sodass Rex mich eifersüchtig machen konnte. Es sah zumindest in unserem Tanzsandwich so aus. Rex zog Salatblatt während des Tanzens weg – genau so machte es Rex II mit mir. Aus der Ferne sah ich Salatblatts wild rollende Augen. Rex II versuchte mich in allen Himmelsrichtungen zu besuchen, jedoch gelang es mir, seinen Kompass zu verwirren, indem ich ihn durch eine Hebung näher an ein anderes Tanzpaar brachte, an das er sich klammern konnte. So alkoholisiert wie er war, würde er den Partnerwechsel sicherlich erst später bemerken. Salatblatt und ich waren nun in der Mitte. Rex holte Rex II – beide sprachen sich kurz ab und die Rexe (falls das der richtige Plural für die beiden ist) änderten ihre Strategie und gingen auf vollen Körperkontakt. War mir zu blöd. Statt, dass sie die Menschen in Ruhe ließen, mussten sie Störvariablen sein. Plötzlich schlug mein Hirn durch all den Alkohol: „Wie löse ich diese Situation auf? Hm, Salatblatt will weg. Ich will weg. Ach, Drama löst alles!"

Es hätte so schief gehen können, aber in meinem Kopf machte das alles Sinn. Mitten im Tanzsandwich – die Tänzerreihenfolge: Rex II, Salatblatt, ich und Rex – schwang ich meine Arme in die Höhe und ließ mich dramatisch nach links fallen. Ich war der Meinung, dass mich dann Salatblatt auffangen, sich um mein Befinden kümmern und uns so die Flucht gelingen könnte. Aber nein! Mein dramatischer Moment wurde zu einem Kylie-Minogue-Moment: Ich wurde von allen dreien aufgefangen – noch bevor ich den Boden erreicht hatte, wurde ich nach oben gehoben und erlebte eine schmerzfreie, unerwartete und adrenalinreiche Hebung. Ich fasste es nicht! Ich erhielt einen Show-Girl-Moment und das, obwohl ich den Tag mit Sport begonnen hatte.

Das Trio ließ mich nieder und sie fragten mich, wie es gewesen sei. Ich musste meinen Plan weiterspinnen und sagte, dass ich jetzt dringend Luft bräuchte. Natürlich kamen alle drei mit raus. Ich wollte aus dem Sandwich verschwinden, aber ich brachte es nur weiter zusammen.

Draußen wurde erst mal geraucht und Rex plauderte mit mir. Wir ratschen über die heutige Parade und wie es uns so generell ging. Ich war froh, dass Rex so viel Impetus hatte, er wirkte energetischer als vor einigen Monaten. Inzwischen kam Salatblatt zu mir und sagte, dass er nach Hause wolle. Das hörten Rex und Rex II und sie versuchten, ihn dazu zu bringen, mit ihnen nach Hause zu gehen. In einem Rex'schen Ablenkungsmoment sagte ich zu Salatblatt: „Hey, du bist jung, du willst dich austoben. Wenn du das willst, dann schnapp dir die Rexe. Ich werde bald gehen, ich möchte nur noch kurz mit einem Bekannten sprechen. Falls du einfach nur eine gemeinsame Nacht verbringen möchtest, ich wohne ja nicht weit weg, aber ich werde dir keine Sexnacht bereiten. Ich möchte dich – wenn – kennenlernen. Hier sind meine Nummer und meine Adresse, du kannst es dir ja überlegen."

Salatblatt küsste mich auf die Wange und zwinkerte mir zu. Ich hatte seine Antwort. Er verabschiedete sich und schrieb mir, dass ich einfach bald nachkommen solle. Ich fand es gut, dass wir nicht zeitgleich den Veranstaltungsort verließen. Dies ließ Rex, der den ganzen Abend an Salatblatt hing, im Glauben, dass er der Hengst blieb und ich leer ausging.

Just, als ich gehen wollte, kam nochmals Rex und beklagte sich, dass ich mich nicht verabschiedet hätte. Ich antwortete darauf, dass man Alkohol die Schuld geben müsse. Er lachte und antwortete: „Ja, ich finde es auch gut, dass du nicht mit diesem Zögling nach Hause gegangen bist." Er laberte weiter, aber ich schenkte ihm keine Beachtung mehr und ging apathisch von ihm weg. Ich war beim Wort Zögling hängengeblieben. BOOM! Rex hatte recht. Ich war kurz davor, dass sich die Geschichte mit Zögling wiederholte. Zwar nicht mehr mit so drastischem Altersunterschied, aber noch immer genug.

Wie hypnotisiert bewegte ich mich weiter und abermals meldete sich Alkohol und sagte: „Scheiß drauf!"

In mir begann ein Strudel der Gefühle zu toben. Wenige Meter von mir entfernt, stand wahrscheinlich Salatblatt, der sich auf eine Einschlafnacht mit mir einlassen wollte – falls er nicht doch schon nach Hause gegangen war. In die andere Richtung ebenfalls wenige Meter hinter mir war Rex, der etwas ausgelöst hatte, ohne es zu wissen. Und irgendwo war Rex II, der vermutlich immer noch ausgelassen tanzte. Und in China fiel ein Fahrrad um.

Ich spürte, wie mich mein Bauch wegzog. Ganz galant im polnischen Stil ging ich in die Richtung meiner Behausung.

Ein Sturm braute sich zusammen und es wetterte in mir. Ich sah Salatblatt nicht auf dem Gehsteig stehen. Er war wohl nach Hause gegangen, wahrscheinlich hatte ich doch etwas länger gebraucht, um mich von der Party wegzubewegen. Jedoch dann – der erste Blitz schlug ein, als ich ihn vor meiner Haustür sitzen sah.

„Sorry für meine Verspätung. Wie lang musstest du warten?"

„Ach, egal."

Das bedeutete: länger als vereinbart. Ich konnte ihn nicht wegschicken, obwohl es das Klügste gewesen wäre. Wir gingen in meine Wohnung und setzten unseren Plan der Einschlafnacht erfolgreich um. Es gab noch einen Gute-Nacht-Kuss. Ich spürte, dass da seinerseits Gefühle im Kuss waren. Meinerseits konnte ich etwas wahrnehmen, das ich mir nicht eingestehen wollte. Wahre Gefühle. Er schlief ein. Ich lag noch wach im Bett, denn mein Kopf ließ nicht zu, dass ich zur Ruhe kommen konnte. Ich war wahrscheinlich in eine Zögling'sche Falle getappt und würde noch weiter hineintappen. Es fühlte sich an, als ob Zögling noch da wäre: Ein kühler Hauch, den Salatblatt in seinen Träumen nicht spürte, den er dennoch zu spüren bekommen sollte.

Am nächsten Morgen machte ich uns Frühstück. Nach einer Weile verließ er meine Wohnung und wir vereinbarten, dass wir uns bald wiedersehen wollten. Innerlich drehte sich mein Magen, da ich wusste, dass ich Salatblatt nicht als Partner haben konnte, da der Geist von Zögling mein Bett nicht verlassen konnte.

Dennoch kam es zu diesem zweiten Treffen und es geschah nichts. Es gab einen zaghaften Kuss. Er war sehr schüchtern. Und in meinem Inneren verzwirbelten sich die Organe um nochmals einige Drehungen. Keiner wollte das erleben, denn ich wusste es schon besser.

Die Tage darauf versuchten wir, ein weiteres Treffen zu vereinbaren. Jedoch hatte ich wirklich terminlich keine ruhige Minute anzubieten, was mir Zeit verschaffte, über alles nochmals nachzudenken, obwohl ich die Antwort schon wusste: Ich wollte es nicht länger hinziehen. Ich schrieb ihm eine Mitteilung, die in etwa wie folgt lautete: „Hey Salatblatt! Ich hoffe, dass es dir gut geht. Ich schreibe dir, weil mir die Tage ‚Absenz' Klarheit verschafft haben. Ich will kein Totalarsch sein, der nichts sagt. Ich fange damit an, was ich mir unter einer Beziehung vorstelle: örtliche Nähe und ähnliche Situation, in der man ist. Da habe ich bei uns so meine Bedenken, was ich dir ja schon gleich gesagt habe. Zudem mag ich jemanden, der auf mich zukommt und sich selbstbewusst als Mensch und möglicher Partner wahrnimmt. Ich suche einen Menschen, der das kann, weil ich das brauche. Ich habe auch wahrgenommen, dass wir in zwei sehr verschiedenen Welten leben. Du bist in deiner aufstrebenden Theaterwelt, die du mit völliger Berechtigung lebst, was auch wahnsinnig wichtig ist. Ich freue mich sehr für dich, dass dieser Weg von dir gerade so aufgeht. Ich habe diesen aufstrebenden Weg des Sich-Im Leben-Findens abgeschlossen. Du bist mittendrin, das ist gut so, denn es ist eine schöne und unvergessliche Zeit. Ich glaube, dass ich nicht derjenige bin, der das mit dir durchleben will. Weiters ziehen mich mein Bauch und Herz in eine andere Richtung – die uns nicht in einer Beziehung sieht.

Sei nicht böse auf mich oder dich – vor allem hoffe ich, dass ich dich nicht verletzt habe! Ich habe mich mit dir GERN unterhalten und würde mich weiterhin gern mit dir unterhalten. Wenn du darauf nicht antworten willst, dann verstehe ich das; hoffe jedoch, dass du meine feige digitale Mitteilung akzeptierst, da wir grade keine Zeit finden, uns zu treffen."

Wie ein gezwirbeltes Gummiband, das plötzlich nicht mehr von zwei Fingern gehalten wurde, lösten sich meine Gedärme. Ich musste Klartext sprechen, um ihn nicht zu verletzen. Das wollte ich nicht – und Herz auch nicht. Nach einigen Stunden erhielt ich eine Antwort. Er verstand meine Punkte.

Wir blieben in (teils bitterem) Kontakt. Ich habe jemandes Herz vermutlich gebrochen, obwohl ich es frühzeitig besser wusste und es dennoch nicht umgesetzt habe. Aber meine Intuition brauchte erst Bestätigung. Ich bin nicht der Schnellste, wenn es um das Thema Gefühle geht. Salatblatt, es tut mir leid.

Elisabeth ist sprachlos, nachdem ich meine Geschichte erzählt habe. Ihre Beziehungsfindung war einfach gewesen (mehr weiß ich nicht), aber diese Geschichte scheint ihr nahe zu gehen. Ich sage darauf, dass das jedem passieren könne, egal, ob da ein Penis dranhänge oder nicht.

„Aber ich habe deine Frage noch nicht genau beantwortet. Ich finde es schade, dass Regenbogenparaden existieren müssen. Wie du gerade indirekt zugegeben hast, ist es einfach noch nicht ganz in dieser Gesellschaft angekommen, dass Menschen Menschen lieben können. Ein Mensch, der das Licht liebt und die Dunkelheit des anderen annimmt. Menschen sollten einfach einen anderen Menschen finden, der Liebe bringt und sich lieben lässt. Nicht nur auf der Beziehungsebene – auf allen Ebenen. Ich mag diese Regenbogenparaden nicht. Nicht, weil da keine netten Leute wären, sondern, weil es sie braucht. Zudem sind die Getränke überteuert. Aber das ist eine andere Geschichte."

Elisabeth ist immer noch sprachlos. Ich trinke von meinem Drink und pule die Orange heraus.

Apropos, da fällt mir ein, ich habe dir noch gar nicht erzählt, warum ich Salatblatt so nenne. Er ist Veggie.

12.

Dummes Unschuldslamm

Noch etwas Salz! Weißt du, ich koche wahnsinnig gern. (Hab ich, glaube ich, schon gesagt ...) Ich lebe zwar allein, aber ich genieße es, wenn ich Leute einladen kann, die dann zusammen mit mir ein Abendessen genießen. Ich wurde so erzogen, dass man gemeinsam isst. Ich finde, dass da meine Eltern recht haben: Essen und Quasseln gehen einfach wunderbar zusammen.

Heute koche ich für meine Freundin und Nachbarin: Pute auf Weißwein-Sahnesoße mit Reis. Dieses Rezept hat mir il Cuoco damals empfohlen. Ja, ein Italiener, der eine Finesse für das Kochen hatte, da er als Koch ausgebildet war und das auch täglich praktizierte. Das brachte natürlich mit sich, dass er immer angenehm nach Küche roch ... Er war einer der ersten, die mich rumgekriegt haben. Damals war ich noch jung und verwirrt bezüglich meiner sexuellen Präferenz. „Aufgegabelt" habe ich ihn per Zufall:

In jenen Tagen begannen meine ersten Schritte im Bereich der sozialen Medien. So wurde mir zugetragen, dass es ein Portal gäbe, das einen örtlichen Bezug hatte; Facebook im Lokalformat sozusagen. Weil so viele meiner Freunde dort online waren, meldete auch ich mich an. Eine Funktion interessierte mich besonders: „XY hat zuletzt dein Profil besucht." Ich schaute täglich abends nach, wer mich stalkte und stalkte zurück. Um gestalkt zu werden, musste man in den Foren und Chatrooms präsent sein. Das gehörte ebenso zu meinem abendlichen Programm: Diskussionen über gute Ausgehorte und lokale Bands, Kinoprogramm und auch Politisches brachten die User dazu, ihre Meinung zu präsentieren. Il Cuoco diskutierte auch mit und besuchte mein Profil mit einer gewissen, erhöhten Frequenz. Hin und wieder kam es zu einem Zweierchat, da Meinungen aufeinanderprallten, aber die wurden vernünftig ausdiskutiert.

Irgendwann wurde dieses sozial-digitale Portal überarbeitet und man konnte den Beziehungsstatus sowie die sexuelle Präferenz eingeben und ich las damals mit leichtem Schrecken: Il Cuoco war homosexuell. Eine Person, die ich nicht kannte, mit der ich aber digital kommuniziert hatte und somit eigentlich doch „kannte", war ... schwul.

Ich fühlte mich ertappt und spürte, wie mir die Hitze ins Gesicht schoss. Meine damalige Weltansicht wurde etwas auf den Kopf gestellt und ich reagierte die kommenden Wochen nicht auf seine Diskussionsbeiträge, selbst dann, wenn er mich direkt ansprach. Genau dann verließ ich immer ganz „zufällig" den Chat. Ich konnte mit seiner offenkundigen Homosexualität nicht umgehen. Er besuchte mein Profil und hinterließ Nachrichten, in denen er fragte, was denn mit mir los wäre, denn es sei angenehm, sich mit mir zu unterhalten.

Nach einem Monat Schweigen meinerseits und Schreiben seinerseits brach ich das Schweigen, da ich mir einredete, dass ich ihm ja nicht mitteilen müsse, wer ich war. Mein Foto gab nicht meine Identität preis und ich konnte einfach nicht kundtun, wo ich wohnte. Also ging ich patzig vor und hielt ihm vor, dass er schwul war. Als Rückantwort schrieb er, dass das doch egal wäre und ich deshalb nicht schwul werden müsse, nur weil er das sei. Es gäbe Freundschaften zwischen „Heteros und Homos" und ich solle mich davon nicht leiten oder davon mein Menschenbild beeinflussen lassen. Ich stimmte il Cuoco zu. Für mich war er die erste Person, die angstlos mit seiner Sexualität umging, daher war ich anfänglich vor den Kopf gestoßen. Ich hatte mich noch nie mit einem „Betroffenen" auseinandergesetzt – oder zumindest nicht wissentlich.

Dann machte ich die Homosexualität zum Thema und fragte ihn, wie es denn so wäre, hier als Schwuler zu leben. Er berichtete über die klassischen Aktionen, die viele erlebten: Mobbing, Ausgrenzung, Freunde, die einem den Rücken stärken, heulende Eltern, die um den Familiennamen bangen und mit Streichung des Erbes drohen, der Mangel an nahe gelegenen Kneipen, die Homosexualität öffentlich zulassen. Ich war schockiert von seinen Erzählungen. Ich wusste damals nicht, dass mich einige der aufgezählten Punkte noch erwarteten. Nach einigen Wochen bestand ich darauf, dass wir uns persönlich treffen sollten. Er schien ja nicht zu beißen und ich gab ihm meine Handynummer.

Meine Neugierde war extrem groß: Ich hatte ein klares Bild von schwulen Personen: rosarote Kleidung, gezupfte Augenbrauen und vielleicht noch eine Handtasche. Er hatte bloß ein schwarz-weißes Bild auf seinem Profil, das kaum sein Gesicht zeigte. Er schlug vor, dass wir uns in einer Bar abends treffen sollten. Er säße dann auf seinem Stammplatz, ich solle mich einfach dazusetzen. Ich willigte ein und als ich in der Bar ankam, war il Cuoco zu meiner Verwunderung ein Skatertyp. Ein ganz fader Skater.

Wieder wurde mein Weltbild etwas durchgeschüttelt: Was mir im Fernsehen gezeigt wurde, stimmte also gar nicht mit der Realität überein.

So schwang ich mich auf den Barhocker neben ihm und wir quasselten: Vorstellungsplausch, ich gab meiner Verwunderung Raum und machte sie zum Thema. Wir sprachen darüber, wo man so ausging und dass man sich noch nie begegnet war bis zu jenem Moment, in dem il Cuoco mich mit dieser Frage paralysierte: „Hat dir schon mal ein Typ gesagt, dass du schöne Augen hast?"

Mipm mopm mipm mopm mipm mopm!

Mein innerer Alarm ging los.

Und so sah er aus, mein innerer Alarm:

Reizüberflutung!

Ein Kompliment.

Ein unerwartetes Kompliment!

Von einem Typen?

Ja, von il Cuoco.

Ein Flirtversuch?

Keine Ahnung.

Vielleicht?

Obwohl ... Das konnte doch nicht möglich sein! Ich konnte damit nicht umgehen. Was sollte ich sagen? Alles, was als Antwort rauskam, war: „Nein."

Ein unbeeindrucktes, trockenes, nahezu monotones Nein. Il Cuoco schien das nicht weiter zu stören und er fuhr fort: „Dann freue ich mich, der Erste zu sein, der dies tun durfte. Es gibt immer ein erstes Mal, schau, ist doch cool?"

„Ja, haha, danke."

Ich begann, in seine Falle zu tappen.

Der Abend verging und neben den Unterhaltungen wie gehabt, fielen leichte Komplimente seinerseits, die mich kurzzeitig in eine Salzsäule verwandelten; selbst unter dem steigenden Alkoholpegel schien dieser Reflex nicht abzuflauen. Nach jedem Miniflirt grinste er schelmisch und genoss meine Irritationen. Ich kann mir bis heute nicht erklären, warum ich dablieb. Nun ja, doch, ich war mir einfach nicht bewusst, dass ich mich zu ihm hingezogen fühlte.

„Zum Abschied einen Bacio?"

„Was?"

„Haha, das ist ein Shot hier!"

Heute vermute ich, dass das damals sein Anmachspruch war, um auch den letzten vielleicht noch rumzukriegen.

„Ah na dann, her damit!"

Wir schütteten das Getränk runter und verließen das Lokal. Unser Heimweg war der gleiche und so plauderten wir weiter. An der großen Kreuzung wollte ich abbiegen. Il Cuoco verabschiedete sich und unsere Wege trennten sich. Eine Steinlawine fiel mir vom Herzen. Es war etwas stressig, dieser doch ungewollten (oder auch nicht ganz ungewollten) Flirterei ausgesetzt zu sein, aber ich hatte es überlebt. Das Resümee des Tages: Ich war nicht schwul, bloß weltoffen und neugierig.

„Warte! Du hast was vergessen!", schrie mir il Cuoco aus naher Ferne hinterher.

Ich drehte mich voll Verwunderung in seine Richtung und machte meinen Kontrollgriff: Handy, Schlüssel, Geldbeutel. Alles da. Hä?

„Was denn?"

Er kam zu mir hergerannt und blieb vor mir stehen. Er kramte in seiner Hosentasche und streckte mir seine geschlossene Faust vor: „Öffne sie."

Ich tat wie mir befohlen. Seine Handflächen waren leer. Ich schaute ihn verwundert an. Er grinste, hob seine Hand und ich ließ zu, dass sie mein Gesicht berührte: „Ich hab doch versprochen, zum Abschied einen Bacio." Er zog mein Gesicht heran. Ich muss mich hier leider wiederholen, aber es passt einfach so gut: *Mipm mopm mipm mopm mipm mopm!*

Unsere Lippen berührten sich. Seine andere Hand griff nach meiner und er drückte mich gegen die nächste Hauswand.

„Du sagst, dass du nicht schwul bist. Ich hab nicht so ganz das Gefühl, dass das stimmt."

„Ähhh ..."

Ich brachte nichts mehr heraus.

„Ich wohn gleich da. Jetzt finden wir heraus, ob ich recht habe."

„O-kay?"

Er grinste wieder schelmisch, ließ meine Hand los und machte sich auf den Weg. Wie hypnotisiert, ging ich ihm nach. Ich war komplett in seine Falle getappt. Er drehte sich nicht mal um, ging direkt zu seiner Wohnung. Vor der Tür zündete er sich noch eine Zigarette an und warf sie nach exakt fünf Zügen mit dem Kommentar „Mehr zuvor nicht" wieder weg.

Er brachte mich hinein. Ja, ich war komplett passiv und ließ mich von ihm führen. Nun in der Retrospektive dünkt es mich, dass il Cuoco all diese Abläufe schon lang perfektioniert hatte. Er setzte mich aufs Bett und sagte, dass ich jederzeit mit dem Wort „Flaschenöffner" alles und mit „Rabe" jede Aktion, die er ausführte, beenden könne. Ich gab ihm zu verstehen, dass ich nicht schwul sei, aber er erwiderte, dass er das wisse und dass ich mich einfach darauf einlassen solle. Ich hätte sein Wort, dass er nichts tun würde, was mir unangenehm wäre.

„Rabe."

„Flaschenöffner."

Es war fünf Uhr morgens. Ich lag im Bett, er war über mir und schaute mich an. Ein Schweißtropfen fiel ihm aus dem Gesicht. Mir fiel in jenem Moment auf, dass er mich seit dem Betreten seiner Wohnung nicht mehr geküsst hatte. Er grinste schelmisch und wendete sich auf die Seite. Er reichte mir meine Kleidung und forderte mich auf zu gehen. Ich fühlte mich benutzt. Sein Geruch klebte an mir – der war vermischt mit Alkohol und Rauch, dieser eklige Geruch. Ich zog mich an und ging zur Tür. Er verabschiedete sich mit: „Jetzt bist du schwul," und lachte hämisch.

Ich eilte nach Hause. Ich fühlte mich gebraucht. Obwohl mir nichts, mit dem ich mich unwohl fühlte, geschehen war – nichtsdestotrotz fühlte ich mich maximal schuldig. Mein mir anerzogenes Wertesystem hatte einen Riss bekommen, der sich in die Tiefe zog und alles bröckeln ließ.

Ich duschte. Aber ich konnte diesen unsichtbaren Schleier, der mich umgab, nicht loswerden. Mein Herz klopfte wild vor Aufregung und ich schwitzte, obwohl ich unter der kühlen Brause stand.

Zwei Tage später schrieb ich il Cuoco nochmals an. Keine Antwort. Ich fand ihn dann im Chatroom und beteiligte mich an einer laufenden Diskussion, stellte ihm gezielte Fragen, die er nicht beantwortete. Mein Inneres war voller Fragen. Ich wollte nochmals Kontakt mit ihm haben. War ich jetzt von einem auf den anderen Tag schwul geworden? Er hatte das zu mir gesagt, wieso konnte er das? Zugegeben, ich war da etwas naiv. Aber er reagierte auf keine meiner Kontaktversuche.

Drei Tage später erhielt ich von einem anonymen Fremden eine Nachricht: „Schwuchtel." Il Cuoco war eine Plaudertasche und bereitete mir ein zweites erstes Mal: Cyber Mobbing. Ich meldete mich einen Monat später vom Chatroom ab, als mich zwei ähnliche Mitteilungen erreichten. Ich fühlte mich dreckig. Ein Stigma war auf meiner Stirn, das für mehr und mehr Leute sichtbar werden würde. Dies war das erste Mal in meinem Leben, dass ich mich Zuhause nicht daheim fühlte. Ich wollte weg. Irgendwo etwas Neues aufbauen, wo mich niemand kannte.

So bin ich zu meiner Nachbarin und in diese mittlere Metropole gekommen. Meine Heimat wurde eine neue, eine unbescholtene. Der Weg dorthin war nicht leicht, dennoch ... Wenn ich so zurückblicke, war il Cuoco schon eine ... ungute ... Person für mich. Er hat mich ausgenutzt, sich und mir jedoch den Raum gelassen, dass ich jederzeit ------- abbrechen dürfe, dass alles in meiner Hand läge. Ich war da bereits in die Venusfalle getappt, auch noch alkoholisiert und er überließ mich meinen Gedanken. Er hinterließ eine Spur in meinem Gedankenfeld, die ich nicht wollte.

Es kamen damals mehrere Bekannte auf mich zu, die mich fragten, ob das denn wahr sei. Nur den engsten Bekannten sagte ich die Wahrheit – jedoch erst nach vier Jahren.

Dieses Erlebnis war zu viel für mich. Ich konnte es nicht verarbeiten, weil ich es nicht verarbeiten wollte. Es war kein Platz dafür. Eigentlich könnte ich auf Rufschädigung klagen. Nun ja, das ist jetzt etwas hoch

gegriffen, aber er traf mich damals mitten ins Empfind-
lichste und erstickte einen Keim, der gerade erst zag-
haft begonnen hatte, sich zurechtzufinden. Il Cuoco
hat eigentlich meinen Findungsprozess gebremst. O-
der vielleicht beschleunigt? Ich kann das nur schwer
einschätzen.

Ich vermenge die Soße mit dem Reis und rühre, damit das Essen nicht anbrennt. Verbrennungen entste-
hen schnell. Da muss man vorsichtig bleiben, bevor
man sich verletzt und Narben davonträgt. Ich stelle die
Teller auf den Tisch.

„Mahlzeit!"

13.

Beziehungsplanetenkollision

„So, 15 Minuten Pause!", ruft die Regie uns entgegen. Ich befreie meine Schultern aus der Spannung. Vera tippt mich an der Schulter an: „Tschigg?" In diesem Wort ist mehr versteckt als bloß die Aufforderung, sich dem Nikotin hinzugeben. Sie hat erkannt, dass da ein Redebedürfnis ist, das gestillt werden will. So zerren wir unsere Winterjacken hervor, begeben uns auf den Balkon und sie spricht mich auf meine unkonzentrierte Haltung während der letzten Proben an. Sie weiß, dass ich etwas verberge. Ich beginne, ihr mein Herz auszuschütten, worauf sie nicht vorbereitet ist. Ich fange an zu reden – und sie wird nach folgender Erzählung tief Luft holen:

„Ich hatte mich distanziert von ihm. Aus Selbstschutz, um nicht in Gefahr zu geraten und doch am Ende enttäuscht zu werden. Der Fall, der zunächst nicht enden wollte, mich nachtschwarz anzublicken, der mich mit einem Schleier bedeckt, in einen schaurigen Nebel legt, der mich langsamer durch die Welt stürzen lässt, wirkt wie ein harter, aus dem Schlaf geborener Atemzug. Menschen bewegen sich um mich herum, jedoch scheinen die Bewegungen klein, verschwindend klein, da ich aus der Ferne kaum was erkennen kann.

Dann erscheint er, der Gründer meiner Ferne. Ein Lichtband zieht mich zu ihm hin. Dort angekommen, wünsche ich mir nichts weiter, als etwas zu spüren, das nicht fern wirkt. Obgleich er mich berührt, mich anlächelt und mir einen Kuss gibt, es berührt mich bloß die fahle Hülle, die robust als Dach wirkt. Keine Berührung ist laut genug, keine war laut genug. Er sprach mit anderen verkleideten Menschen. Es war eine schöne Feier. Magisch wurde er von der Peitschenfrau angezogen. Er nahm ihre Waffe in die Hand und peitschte gegen seine Hände. Ein Zwinkern in seinen Augen. Ich verstand. Ließ es zu. Aber ich spürte nichts. Auch mehr Krafteinsatz ließ ihn nicht weiter durch meine Hülle kommen.

‚Mein es! Ich langweile mich!', befahl ich im Stillen.

Nichts.

Er konnte mich auf keinem Kanal mehr erreichen. Ich war taub geworden.

Als ich allein Zuhause ankam, schaute ich die geschlagene Stelle an. Wunden waren zu sehen. Ich tippte sie an. Kein stechender Schmerz. Kein Zucken. Rein gar nichts war da. Die Spur, die er hinterlassen hatte, war sichtbar, aber ohne Belang. Sie erfreute mich nicht. Sie stimmte mich nicht traurig."

Eine Erinnerung ist in mir hochgekommen, die ich zeitweilig vergessen hatte.

Vera antwortet: „Darauf war ich erstens nicht vorbereitet. Zweitens: Mündlich so einen Text zu sprechen! Ich konnte dir nicht mehr folgen, aber ich glaube, drittens, dass du vielleicht mit jemanden wieder sprechen solltest, der dich durch deine chaotische Gefühlswelt begleitet."

Vera weiß, dass ich hie und da einen Lebenscoach besuche. Sie merkt weiter an, dass mich meine Zukunft wohl sehr beschäftige und manchmal helfe eine Außenposition, die komplett neutral ist.

Korrekt, ich stehe vor dem Abschluss meines postgradualen Studiums, ich bin auf Arbeitssuche und möchte irgendwann glücklich und zufrieden irgendwo ankommen. Bestenfalls mit einem Menschen, dem ich jeden Morgen in die Augen schauen und mich an seinem Gesicht erfreuen kann. Ansonsten muss es wohl eine Katze werden. Oder zwei.

Wie auch immer – ich werde dir nun von meiner ersten Coach-Session berichten. Meine Kollegin gab mir vor drei Jahren die Nummer des Lebenscoachs, die ich am Folgetag anrief. Eine verrauchte Stimme, die zur Synchronisierung für Moulin Rouge verwendet werden könnte, meldete sich; etwas genauer, die Frau hörte sich an, als ob sie gerade eine Packung russischer Zigaretten geraucht und bereits von der nächsten Packung die Plastikfolie behutsam heruntergezogen hätte. Nun denn, ich war zunächst nicht besonders begeistert, aber der Termin wurde vereinbart und rückte Tag für Tag näher.

Schlussendlich, weil das Leben mich nicht vorzeitig verabschieden wollte, musste ich mich diesem mulmigen Gefühl stellen und begab mich in die Praxis. An der Tür hing eine bronzefarbene Plakette mit der Schnörkelaufschrift:

Smile and the world smiles back to you.

Gesprächstherapeutin Beate Grüner, MA.

Ich möchte kurz anmerken, dass ihr Titel in einer anderen Schriftart geschrieben war – damit ihn auch jeder sicher sehen konnte. Nun denn, es blieb mir nichts anderes übrig, als die Glocke zu läuten und ein: „Herein, begeben Sie sich in den hellblauen Raum gleich links" schmetterte mir entgegen. Ein außerordentlich irritierender Geruch stieß mir durch die Nase entgegen: Es roch nach einer Mischung aus Zigarettenrauch und Räucherstäbchen.

Ich schob mich durch den Gang in das hellblaue Zimmer und setzte mich auf ein rotes Sofa mit vier wenig kuschelbaren Polstern. Vor mir stand ein großes Bücherregal, das eine Vielzahl von Themen barg: „Mit Spiritualität zum Ziel" oder „Systematisch Leben betrachten" waren einige Titel, die ich wiederholen kann. An den Wänden hingen Bilder, die durchaus von anderen Kunden hätten gemalt sein können: eine Morgenstimmung, ein zorniges Gesicht, das in gelbes Licht starrte, und ein lila Krug. Es klopfte an der Tür. Ich konnte jetzt nicht mehr wegrennen. Ich war beunruhigt. Es gab kein Zurück mehr.

Sie kam mit einem sonnigen Lächeln in den Raum. Wir hatten vorab telefoniert und ich hatte ihr die Themen durchgegeben, die ich bearbeiten wollte. Sie stellte mir Knetgummi auf den Beistelltisch, der neben der Couch stand. Ich sollte eine Figur bauen, die mein Anliegen thematisierte. Ich bastelte eine sitzende Figur, die sich den Kopf hielt. Eine zweite Figur saß auf der Knetgummidose und zeigte mit einem bösen Lachen auf die erste Figur. Ich erklärte Frau Grüner im Anschluss, dass mir vieles über den Kopf wachse, dass ich die Kontrolle über meinen künftigen Werdegang etwas verloren habe. Diese Figuren seien Sinnbilder für meine Überforderung. Spannenderweise sprach sie mich auch auf mein Liebesleben direkt an, was ich vorerst mit einem trockenen Husten kommentierte.

Weißt du, ich bezahlte ja einiges für diese doch sehr wertvollen Stunden, die ich erst gar nicht wollte. Viel praktischer wäre gewesen, ich hätte ihr dieses Buch vorgelegt. Ich glaube, dann könnte sie Monate, wenn nicht gar Jahre an mir verdienen.

Zurück zum Thema, denn ich möchte dir von einer Erkenntnis berichten. Frau Grüner zeigte mir, dass meine Beziehungen auch deshalb nicht erfolgreich oder immer nur von kurzer Dauer gewesen seien, weil ich nicht klar kommuniziert habe, was ich wollte. Ich sollte nun definieren, was meine Säulen für eine Beziehung seien, denn darauf ließe sich leichter jemand finden. Frau Grüner ließ mich erneut mit Knetgummi allein. Mein Auftrag lautete diesmal, mit Knetgummi den Werten Form zu geben, die für mich in einer Beziehung wichtig waren. Ich schuf eine Blume. Sie stand für Aufrichtigkeit, für bedingungslose Ehrlichkeit. Ich kreierte eine Vase, Sinnbild für Vertrauen. Schlussendlich gab ich eine Sonne hinzu, die die Kraft darstellen sollte, die ich mir aus meiner Wunschbeziehung erhoffte.

Nach unserem Gespräch wurde mir klar, dass ich der Außenwelt vermitteln musste, was ich wollte. Auch hatte ich jetzt eine Vorstellung davon, wie ich auf Menschen zugehen sollte. Ich tat das alles dann auch. Ich dachte wirklich, ich könne damit erfolgreich sein. Aber vor Gauklern gab und gibt es einfach keinen Schutz ...

Meine erste Aktion nach dem Verlassen des Coachs war, dass ich mein Online-Datingprofil updatete. Ich formulierte genau, nach was ich suchte. Ja, eine Stimme in mir, die hoffnungsvoll bereits jubelte, sagte zu mir: „Jetzt wird's was!" Voller Elan stellte ich das Profil online und war davon überzeugt, dass ich jemanden kennenlernen würde, der die gleichen Werte wie ich teilte.

Meine anfängliche Motivation wurde durch das Einbrechen der bitteren Wirklichkeit kontinuierlich betäubt. Nach einem Tag – keine Rückmeldung. Der zweite Tag verstrich – wieder nichts. Der dritte Tag kam und ich sah, dass es nicht gut war. Mein Selbstwertgefühl, das noch quickfidel an meiner Seite war, fiel durch eine Falltür. Ich hörte sein Geschrei, das sich immer weiter von mir entfernte. Ohne Aufprallknall. Ich rief Frau Grüner an, die mir dann unter dem Hinweis, dass sie für dieses Gespräch in den ersten fünf Minuten zehn Euro und für jede Folgeminute weitere drei Euro in Rechnung stellen würde, erklärte, dass es doch gut sei, dass ich keine Nieten kennengelernt hätte. Ich müsse damit jetzt umgehen lernen, dass meine Treffer weniger würden, dennoch sollten sie dafür erfolgversprechender werden.

Es verging eine Weile, bis dieser Fall tatsächlich eintrat. Ich hatte mein Selbstwertgefühl zwischenzeitlich aus seinem Loch geholt, es in ein neues Outfit gesteckt und etwas poliert.

BLIM.

Ein Treffer. Und was für ein Treffer! Ich las das Profil, war aber nicht von dem überzeugt, was ich da lesen musste. Gewisse „Anforderungen" konnte ich nicht stemmen, nichtsdestotrotz sah ich mich dazu bereit, mich mit diesem Menschen, nennen wir ihn Schweizer, zu treffen.

Wir begegneten uns am Fluss. Ich brachte selbst gemachten Eistee mit und wir gönnten uns einen Platz an der Sonne. Er berichtete mir, wie er seinen Weg in diese Stadt gefunden hatte und ich sprach über meinen Lebensweg. Es war tatsächlich eine gemütliche Unterhaltung und in mir erwachte das Gefühl, dass ich ihn wiedersehen wollte.

Schlagartig schwebten mir Frau Grüners Worte durch den Kopf: „Welche Werte sind dir für eine Beziehung wichtig?" Vermaledeit! Gut, dass das nochmal durch meinen Kopf geschwirrt war! Denn eigentlich war die Ausgangslage, wenn ich etwa an Schweizers Profil dachte, nicht ideal und ich sprach ihn genau auf dieses Thema an. Ich erklärte ihm, dass ich gewisse – Forderungen – nicht erbringen konnte, da ich das nicht war, weder konnte noch tun mochte. Zudem stünde ich zu meinen Werten Aufrichtigkeit und Treue, die ich ja kundgetan hatte, denn ansonsten würde ich mich selbst verletzen. Ich konnte selbst kaum glauben, dass ich in jenem Moment so klaren Sinnes meine Wünsche darstellte.

Schweizer hörte gespannt zu, bis ich meinen Monolog beendet hatte und antwortete: „Ich hatte bereits den Glauben verloren, dass es noch Menschen geben könnte, die eine solche Einstellung haben. Ich bin völlig deiner Ansicht. Danke, dass du das gesagt hast, ich will das nämlich auch."

Na, das nenn ich doch mal einen Treffer ins Schwarze, was? Nach unserem Date vereinbarten wir bereits das nächste. Ich musste Frau Grüner anrufen und darüber berichten, wie es lief. Sie meinte, dass alles auf den ersten Blick richtig schien und dass sie sich für mich freue. Ihre Bestätigung ließen mich die weiteren zehn Euro irgendwie mit Freude überweisen.

Dann kam das zweite Treffen. Und das dritte Treffen. Ich verknallte mich. Vielleicht sogar etwas mehr.

So entschloss ich mich, diesen Mann als Partner anzunehmen. Wir fuhren gemeinsam in einen Entspannungskurzurlaub, bauten Möbel für unsere Wohnungen zusammen, kochten leckere Speisen und lernten uns intensiv kennen. Mit Höhen und Tiefen – eine solche Tiefe überwanden wir kurz vor Weihnachten. Ich war stolz darauf, dass ich einen kühlen Kopf behielt und wir gemeinsam an einem Strang zogen, um an der Beziehung zu arbeiten.

Silvester waren wir zu einem Galadinner eingeladen. Um Mitternacht gaben wir uns einen Kuss, er schaute mir in die Augen und sagte: „Ich freue mich auf das neue Jahr!" Ich war ebenso erfreut. Obligatorisch tanzten wir im Anschluss mit Walzer in das Jahr und freuten uns unseres Lebens.

Alles schien gut, bis ich fünf Tage später eine Konversation mit einem Freund, Joe, hatte. Joe war für seine Direktheit bekannt, die dazu führte, dass manche Menschen ihn verabscheuten und andere genau dafür liebten. Ich gehöre zu der Gruppe Menschen, die sich langsam zum Lieben hinbewegt hatten, da ich seine Art zunächst als schroff empfunden hatte. Joe lud mich zu sich ein. Gern nahm ich das Angebot an, da mein Kaffeepulver aus war und eine Runde Quasseln nicht schlecht schien.

Dort angekommen, machte Joe es kurz und schmerzlos: „Du weißt doch, dass Schweizer auf der Party war, oder?"

„Mhm?"

„Du warst damals deine Familie besuchen, korrekt?"

„Ja, worauf willst du hinaus?"

„Ja, ich hab ihn dort gesehen. Auf der Tanzfläche. Am Herummachen mit einem Typen."

Ein spitzer Schmerz – einer Papierschnittwunde ähnlich –, der zuerst sanft und unscheinbar wirkte, durchzog die Oberfläche meines Herzens. Es fühlte sich wie ein greller Ton an. Entlang des Spalts entkam heller Dampf. Unerwartet glitt dort Wärme aus, was mein Herz langsam auskühlen ließ.

„Ich habe ihn gefragt, wie es war. Schweizer meinte, es wäre nett gewesen und er hätte viele Bekannte getroffen."

Joe entgegnete „Naja, das hat er wohl. Und freudig wirkte er auch, also war nichts gelogen. Ach nebenbei, er hat mich auch begrüßt. So ganz klug scheint er dann doch nicht zu sein: Wenn er schon mit wem was hat, dann sollte er nicht so dumm sein und das mitten auf der Tanzfläche machen, wo jeder freie Sicht auf alles hat."

Der Spalt wurde größer. Das Notfallreparaturprogramm konnte nicht mehr eingeleitet werden. Der Schmerz für Herz war zu unerwartet gekommen, da ich Schweizer bereits mein Vertrauen geschenkt hatte. In einer gewissen Weise wollte ich den Schmerz spüren, ihn zulassen, um mich auch selbst zu spüren. Es entwich mehr Rauch. Die Herzmuskeln öffneten sich und eine gelbe Pille lag drinnen. In meinen Gedanken nahm ich die Pille zwischen meinen Zeigefinger und Daumen und betrachtete sie. Ich hörte ein Rattern. Herz schloss sich, klammerte den Spalt eilig und unliebenswürdig zusammen. Herz strahlte Kälte aus. Ich versteckte die Pille in meiner Brusttasche. Dann – *dumper* – hörte ich Joes Stimme. Er kommentierte die Situation und wunderte sich, dass ich so ruhig blieb.

„Joe, ich möchte gehen."

Ich rief Schweizer an. Er war arbeiten, konnte aber kurz telefonieren. „Hey. Ich komm gleich zum Punkt. Ist es wahr, dass du auf der Party mit wem anderen herumgemacht hast?"

„Ja, das stimmt."

„Ich glaube, wir haben einiges zu besprechen. Morgen vierzehn Uhr treffen wir uns auf der großen Brücke."

Ich legte auf. Mein Vertrauen war gebrochen. Verzieh ich ihm, würde er mich wieder verletzen. Würde ich ihm Forderungen stellen, um das Vertrauen wieder aufbauen zu können, würde er nach einer gewissen Zeit ein Schlupfloch finden. Vielleicht hatte er noch eine Lösung, an die ich in meiner Starre nicht denken konnte?

Wir waren auf der Brücke und gingen los. Bei dem Spaziergang, der zunächst von Schweigen begleitet wurde, meinte er, dass er offener sei als ich und außerdem Liebe von Lust trennen könne. Ich hielt dagegen und fragte ihn, wo er denn die letzten Monate gewesen sei und ob er mir jemals zugehört habe, als ich von meinen Ansichten gesprochen habe. Ich hatte ihm nämlich klar vermittelt, dass so eine Aktion das Ende einleiten würde. Alles, was er von sich gab, war ein müdes Nicken. Es gab keinen weiteren Satz mehr seinerseits.

Ich kündigte sehr formell die Beziehung mit Schweizer. Ich wünschte ihm alles Gute, wirklich, das tat ich aus vollem Herzen. Er würde jemanden finden, der die gleichen Werte hat. Ich ebenso. Ich hinterließ ihm zum Abschied den Satz: „Wir befinden uns auf zwei unterschiedlichen Beziehungsplaneten."

Anscheinend muss man sich heutzutage alles schriftlich beglaubigen lassen. Oder Erstsprachenhörverständnisprüfungen für Beziehungstalks einführen. Oder noch besser, nach Passierschein A38 fragen!

HA!

Wie auch immer. Schweizer weinte. Ich hatte eine Sonnenbrille auf und behielt jede Träne für mich. Meine Stimme brach. Ich war während des Gesprächs laut gewesen, ja wütend. Nichtsdestotrotz ließ ich keine Träne los. Ich wollte keine Träne vor ihm verlieren. Was ich schaffte.

Ich war auf dem Nach-Hause-Weg. Eine Träne zog sich unter meiner Sonnenbrille durch. Ich tupfte sie ab und überlegte: Wie konnte es sein, dass er mich so verletzen konnte, wo er doch meine Werte bestätigt hatte?

Da schoss es mir. Tränentechnisch und gedanklich.

Schon während unseres ersten Eisteetrinkens hatte er mir jene gelbe Pille untergeschoben. Sie hatte mich betäubt, mir die klare Sicht genommen. Ich holte sie aus der Hosentasche. Sie lag mir auf der Hand: In seinem Profil hatte er doch ...

Er sagte meinen Werten zu, ja, aber er hatte seinen nie abgesagt. Die Pille wirkte wunderbar. Denn ich dachte, dass das Wort eines Menschen noch Wert habe. Das hört sich sehr dramatisch an, war es in jenem Moment auch. Ich warf die Pille zu Boden.

Nach drei Tagen des seltsamen Nichts-Fühlens machte ich mir darüber Gedanken, dass das nicht besonders gesund sein konnte. Das zeigte sich zumal daran deutlich, dass ich meinen Nikotinkonsum verdoppelte. Meine Freunde sprachen mit mir. Sie befürworteten meine Entscheidung und boten mir Aktivitäten an, um von meinen Gedankengittern freizukommen. Ich konnte aber keiner der angebotenen Aktivität nachgehen. Es war zu anstrengend. Ich griff daher zum Handy und rief Frau Grüner an, die mich ja auf diesem Weg begleitet hatte.

„Ich habe es gleich beim Hallo gespürt," hauchte sie in den Hörer. Zeitnah erhielt ich einen Termin.

Wir saßen uns gegenüber und ich drückte alle Finger in die Knetmasse. Ich war wütend. Frau Grüner erklärte mir, dass das vollkommen normal sei. Nun, für diesen Satz musste ich in keine Coaching-Session gehen. Sie forderte mich auf, ihr die Situation zu schildern. Ich drehte mich im Kreis. Meine Wut peitschte und peitschte, sie fand keine Ruhe. Ich konnte keinen klaren Gedanken fassen, legte mein Gesicht in die Hände und weinte. Frau Grüner blieb ruhig, kniete sich vor mich hin, legte ihre Hand auf meine Schulter und gab mir einen Auftrag: „Nenne mir drei gute Gründe, warum du froh bist, dass diese Beziehung ein Ende hat."

Das war ein unerwarteter Move. Meiner Wut wurde der Wind aus den Segeln genommen und etwas Neues, nämlich ein schwereloser Stillstand, trat in mich ein.

Ich überlegte einige Minuten. Blickte sie an und meinte: „Ich habe nachgedacht. Ich musste nicht mal lang nachdenken. Ich habe drei Gründe gefunden."

Ich notierte diese drei Gründe und Frau Grüner würde sie bis zu einem künftigen Treffen irgendwann aufbewahren. Das bildete das Ende unserer Sitzung. Ich wurde aufgefordert, meine Sachen zu packen. Ich tat es. Wortlos ... Wollte auch nicht mehr sprechen, da so viel auf mich eingeprasselt war und mein kurzes „Tschüss" sollte Frau Grüner signalisieren, dass sie mir keine wertvollen Weisheiten nachpredigen müsse. Dennoch, als ich zwischen Tür und Angel stand, verabschiedete sie sich freundlich mit: „Vergiss nicht, hinter dir steht eine Blumenvase."

Meiner Schauspielkollegin Vera habe ich bis heute die Gründe nicht genannt. Sie ist nicht darüber schockiert, dass ich ihr mit Determination von diesen drei Gründe erzählte, sie ihr aber letztens Endes doch vorenthielt. „Frau Grüner gab mir die Kraft, zu mir zu stehen," sage ich zur Kollegin. „Es war in mir, aber sie konnte im richtigen Moment die richtigen Fragen stellen." Vera entgegnete mir, dass es ihr ähnlich ergangen sei.

Frau Grüner hat diesen Zettel in einer Schatulle aufbewahrt. Bisher hat sie ihn in keiner Sitzung hervorgezogen, aber irgendwann wird der Tag kommen, an dem ich den Zettel lesen und mir wieder klar werden wird, dass ich mir mehr Wert bin, als mich für diese drei Gründe aufzugeben. Irgendwo erfüllt mich das gerade mit etwas Stolz.

„Auf die Plätze!", ruft die Regie. „Weiter geht's!"

14.

Iglukuss

„Und nochmal von vorne!"

Theaterproben brauchen Zeit: Szenen wiederholen, einzelne Situationen genau takten, stimmliche Arbeit leisten und dann noch mit Schmackes spielen. In diesem Stück habe ich keine große Rolle, dennoch ist meine Rolle wichtig für den Verlauf der Ereignisse mit Blick auf die Hauptfigur. Sie erleidet durch mich ihren ersten großen, psychischen Breakdown, der zum Schluss dafür sorgt, dass die junge Frau das Dorf inklusive Bewohnenden dem Erdboden gleichmacht. Vorher wird sie jedoch psychisch und physisch vergewaltigt, also darf sie (nahezu mit Recht?) alle anderen Rollen-Charaktere auslöschen. Es geht um eine moralische Frage, die nicht einfach beantwortet werden kann.

Zurück zur Probe. In dieser Szene stehe ich eigentlich nur herum und warte. Der Name der männlichen Hauptrolle des Stücks ist Tom. Ein wiederkehrender Name in meinem Leben. Ich habe dir gesagt, dass ich dir vielleicht von unserem Ende erzählen werde. Ich war damals noch nicht bereit, du kanntest mich auch noch nicht so gut, sodass ich nicht wusste, was ich dir sagen kann und was nicht. Ich möchte dir nun erzählen, wie es dazu kam, dass Tom zu mir sagte: „Ich glaube, ich verpasse etwas."

Tom und ich waren gut ein halbes Jahr zusammen und ich fühlte, dass sich Schritt für Schritt meine Barrieren und Lichtschilder, die ich zu Beginn jeder Beziehung mit mir trage, herunterfuhr, sodass Tom mich ohne Schutz kennenlernen konnte: Heikle Themen wie Familie, Glaube, Zukunftspläne, geplatzte Träume und Weltfrieden bahnten sich ihren Weg in unsere Gespräche. Ich fand gut, dass wir unterschiedliche Meinungen hatten und unsere Ansichten respektierten, manchmal auch vor dem jeweils anderen behaupten mussten. Solche Diskussionen „gewann" jeder abwechselnd. Meistens haben wir das mit einem Kuss besiegelt, damit der „Sieg" noch finaler wurde. Wenn sich jemand benachteiligt fühlte, wurde weitergesprochen, bis ein Konsens gefunden war. Ich merkte damals, dass er darum bemüht war, mich als Mensch wahrzunehmen und als Mensch in der Beziehung sein zu lassen. Daher beschloss ich, dass ich mich mehr und weiter fallen lassen würde.

Es war Winter. Wir waren gemeinsam mit Freunden (Max und Lila) in ein Skiresort gefahren, um uns dort drei schöne Tage zu machen.

Ich möchte dir vom finalen Abend berichten. Nach einer anstrengenden Schitour gingen wir in unsere Behausung und machten uns Knödel zum Abendessen.

Dabei sprachen wir über den Tiefschnee, darüber, dass Tom kurzzeitig aufgrund eines Sturzes wie ein Schneemann ausgesehen hatte und was wir abends noch machen könnten. Max und seine Freundin Lila überzeugten uns, dass wir nochmals den Lift nehmen und in die Iglu-Disco gehen sollten. So etwas gab es nicht da, wo wir wohnten, daher schien es ein passender Ausklang zu sein. Tom war davon begeistert und ich meinte, dass ich vielleicht früher gehen würde, da ich einfach müde sei. „Trink einen Energydrink mit Wodka, dann wird das schon! Jetzt stell dich nicht so an!"

„Ich geh ja eh mit, ich weiß nur nicht, wie lang ich bleiben werde."

Der Aufstieg mit der Bahn war spektakulär, ebenso, dass der Himmel klar war und der Schnee der vorherigen Nacht die Bäume und das Dorf im Tal entzückend bezuckert hatte. Die Bahn war voll mit jungen Menschen. Einige tranken bereits jetzt, was vermutlich bedeutete, dass es oben teuer werden würde. Nun ja, man war ja im Urlaub, darüber macht man sich keine Gedanken.

Wir stiegen aus und mussten noch etwas wandern, um zum Iglu zu kommen. Auch das war spektakulär: Rund herum waren Feuerschalen angebracht, es gab Glühwein im Freien und eine Aussichtsplattform. Wahrlich ein guter letzter Abend! Im Iglu war die Hölle los. Es gab mehrere Räume und alle waren gefüllt mit tanzenden sowie drogennehmenden Leuten. Tom warf sich in die Mitte der Menschenmenge und gönnte sich eine Smiley-Pille. Er bot mir an, auch eine zu nehmen, er würde sie spendieren, aber ich lehnte ab, weil ich müde war. Dennoch ließ ich mich dazu überreden, mit den anderen drei das Tanzbein zu schwingen. Wir tanzten gefühlte vier Stunden. Tom brüllte mir zärtlich ins Ohr, wie heiß ich wäre, wie lieb er mich hätte und was er heute noch mit mir tun würde. *Flattering words.* Ein Iglukuss versiegelte seine Worte.

In großer Vorfreude ließ ich mich überreden, meine Rückfahrt nach hinten zu verschieben, aber eine halbe Stunde später merkte ich, dass meine Batterien komplett leer waren. Ich verabschiedete mich von den anderen und sagte Tom, dass er einfach nachkommen und die Nacht genießen solle. Statt sich darüber zu freuen, regte er sich auf, dass ich eine Spaßbremse sei. Ich erklärte meinem drogierten Partner, dass ich einfach nicht mehr könne. Er zickte rum und ging wieder tanzen. Ich schrieb ihm noch eine Mitteilung, dass er dieses Gefühl abtanzen solle. Ich wartete inzwischen schon an der Abfahrtsstation und staunte nicht schlecht, als ich fünf Minuten später Max, Lila und Tom kommen sah.

„Wir gehen auch," meinte Lila kühl. „Ja, morgen noch Autofahren, ganz kaputt will ich nicht sein."

Tom schwieg. Max und Lila quasselten mit mir noch über belanglose Themen, bis die nächste Kabine kam. Wir alle stiegen ein, Tom und ich ergatterten einen Stehplatz mit wunderbarer Talsicht ganz vorn. Tom stand hinter mir und wir starrten in die Nacht.

„Seid ihr wirklich nicht wegen mir gegangen? Ich kann einfach nicht mehr, ich brauche ein Bett," sagte ich in unsere Stille hinein.

„Was glaubst denn du?", bekam ich als Antwort. Jede Zelle meines Körpers erstarrte.

„Ich habe doch gesagt, dass ihr bleiben sollt."

Tom erwiderte: „Meinst du, ich kann dich allein lassen? Das müsste ich mir über die nächsten Tage anhören und deine Meckerei dazu will ich mir ersparen."

WUMS!

Das traf mich.

„Jetzt mal Entschuldigung, ich habe noch nie so was in der Art gemacht."

Tom antworte schnippisch: „Ja, du machst nie was in dieser Art."

Ich versuchte, Tom vernünftig zu entgegnen: „Jetzt stopp. Wir sind hier in der Kabine, du bist laut und alkoholisiert. Weißt du, dass du gerade unangenehm mir gegenüber bist? Lass uns das unten in Ruhe besprechen."

Er starrte mich an. Mein Herz klopfte. Der Spruch einer Freundin ging mir durch den Kopf: „Kinder und Besoffene sagen immer die Wahrheit."

Tom holte Luft: „Ich verpasse etwas."

„Bitte?"

„Wenn ich mit dir zusammen bin, verpasse ich etwas."

Hitze stieg mir in den Kopf. Nicht aufgrund des Alkohols, nein, das war Wut.

„Ich sag nichts mehr, bis wir ausgestiegen sind."

Tom meinte: „Ja, weil Schweigen was bringt."

Ich unterdrückte alles. Ich wollte aus dieser Kabine raus. Max und Lila hatten das alles natürlich mitbekommen und standen etwas beklommen hinter uns. Die Talfahrt dauerte gefühlt ewig und einen Tag. Als dieser Tag vorbei war, stiegen wir aus und ich ging einige Schritte von den Leuten weg und schrie. Ich schrie so laut und kräftig, dass ich erbrechen musste. Alles kam aus mir raus inklusive der Wut, die in mir aufgestaut war. Max und Lila kamen zu mir. Ich stieß sie von mir, da ich so wutgeladen war. Tom war das vorerst egal. Er war damit beschäftigt, ein Taxi zu rufen. Als ich mich leer fühlte, ging ich zu ihm hin: „Weißt du, was du zu mir gesagt hast?"

„Ja."

„Hast du darüber nachgedacht, was du zu mir gesagt hast, oder kam das aus dem Moment heraus?"

„Ich wollte dir das eigentlich schon länger sagen."

Wieder spürte ich die Wut in mir. Ich schlug um mich, um diese Wut loszuwerden.

„Ich versteh dich nicht. Oben im Iglu hast du mir noch ganz was anderes vermittelt. Ich hab dich doch nie eingebremst oder so was? Das macht für mich keinen Sinn!"

„Da war ich so im Moment, das habe ich dann auch so gespürt."

„Wie bitte?! Warst du immer nur im Moment, wenn du mir gesagt hast, dass du mich liebhast? Was geht denn in dir vor?"

„Wie gesagt, ich verpasse etwas, wenn ich mit dir zusammen bin."

Hier spielt mir meine Erinnerung einen Streich. Ich weiß, dass ich nach der Taxifahrt noch etwas zu essen holte und das dann aus Zorn herumschleuderte. Ich weiß, dass sich Max und Lila aus dem Staub gemacht haben. Ich weiß, dass Tom und ich noch gesprochen haben. Ich weiß, dass ich dabei nicht die beste Wortwahl traf.

Ich hätte dir diese Geschichte vor einem Jahr genauer erzählen können. Es scheint, als wäre die Zeit ein Radiergummi, der kontinuierlich mehr löscht. Dennoch, der Satz, dass er etwas verpassen würde, bleibt. Der ist klar erkennbar. Ich fühlte mich damals unverstanden. Nein, gebraucht, da ich offenbar eine Art Zeitvertreib für ihn gewesen war. Ein Plan B oder C? Wie ein Abstellgleis, das vor sich dahinrosten darf, während andere Züge vorbeidüsen dürfen?

Grandioser Freund!

Ich fühlte mich wie ein Versuchskaninchen. Tom hatte zuvor noch nie eine Beziehung gehabt. Somit konnte er mit mir ausprobieren, wie sich das anfühlt, wenn jemand auf einen zugeht. Er durfte halt nicht mit anderen Typen rumschmusen und ... Bettsachen machen. Ich stehe nun mal auf Treue.

Im Nachhinein bin ich froh, dass daraus nichts wurde. Ein Bekannter von mir behauptete, dass Tom online schon Interesse an anderen bekundet, es jedoch noch nicht in die Tat umgesetzt hätte. Aber er musste bekanntlich mit Max so viel saufen, der Arme, um über mich hinwegzukommen. Diese Form von Reue finde ich nicht ganz schlecht. Ich weiß damit, dass er wenigstens ETWAS für mich empfand; dass ich sein Plan A.2 war. Jedoch brauchte ich eine ganze Weile, bis ich zu dieser Erkenntnis kam, die dann mein Sein und Gefühlsleben besänftigte.

Für meine Rolle im Theaterstück gibt es leider keinen zweiten Plan. Aber auch sie sehnt sich innerlich nach Nähe und Gefühlen, zeigt sie aber niemandem und rotiert daher in den Alkoholismus. Na, da hat wohl wer was gemeinsam!

Letztes Kapitel:

Flüchten?

Seit vier Minuten sitze ich in der Sauna. Ich brauche heute noch etwas Entspannung, denn später beginnt die Premiere. Es rennt mir vieles durch den Kopf und ich hoffe, dass die Hitze mir alles durch den Schweiß herausdrückt. Das Auspowern am Laufband hat leider nicht die befreiende Wirkung erzielt, die für gewöhnlich eintritt. Also ist der Besuch in der Biosauna die zweite Chance, um an mein Ziel der gedanklichen Befreiung zu kommen.

Nun sitze ich hier und atme die heiße Luft ein. Ein kalter Windstoß erreicht mich. Die Tür zur Sauna geht auf, die Luft bläst mir einen Schauer über den Körper und zwei weitere Gäste betreten den Raum, schließen die Tür und setzen sich dazu. Sie grüßen mich flüchtig, so, wie man das eben in Saunen macht. Nachdem sich die zwei auf ihren Handtüchern hingelegt haben und nur noch das Knacken des Ofens zu hören ist, bemerke ich, wie sich die Luft wieder aufheizt, meinen Kreislauf ankurbelt – und zwar nicht nur den: Ein Gedanke nach dem anderen rast mir jetzt durch den Kopf. Eigentlich hat In-die-Sauna-Gehen sonst eine ganz andere Wirkung auf mich. Vielleicht liegt es auch daran, dass mich in so kurzer Zeit so viele alte Erinnerungen besucht haben? Kann das sein? Ich muss mir eingestehen, wie ich mich selbst dabei ertappt habe, dass ich recht habe. Es waren einfach zu viele Besuche in zu kurzer Zeit.

Schweißperlen bilden sich auf meinem Kopf und meiner Stirn. Die sind nicht allein durch die Hitze entstanden. Ich ziehe meine Beine heran und lege meinen Kopf auf die Knie. Die Tropfen rinnen langsam von meinem Kopf über die Wangen und fallen auf mein Handtuch.

Es geht mir so vieles durch den Kopf: Sei mutig! Trau dich! Steh zu deinen Gefühlen!

Du hast mich nun eine lange Zeit erlebt. Du kennst einige meiner intimsten Gedanken, Momente aus meinem Leben, die ich eigentlich kaum mit wem teile. Ja, es gibt jene besonderen Freunde, die diese Geschichten ebenso akkurat widergeben könnten wie ich. Du weißt schon, jene Freunde, die man anruft, weil sie das Update interessiert und dich durch Gutes und Schlechtes begleiten wollen. Weil sie Ähnliches auch mit dir teilen und wissen, dass es in sicherer Verwahrung bei mir liegt. Aber heute verfolgen sie mich. Nicht mal ein offenes Ohr würde diese losschütteln. Ich ... ich fühle mich noch nackter, als ich bin. Tränen brechen aus meinen Augen. Ich lasse sie einfach zu. In der Sauna bemerkt niemand, dass ich weine. Es könnten bloß Schweißperlen sein, die runterfallen. Nur kann das niemand sagen. Ich bin gern allein beim Weinen, und hier in der Sauna tritt mir niemand zu nahe, obwohl alle so pur da sind. Allein und doch gemeinsam. Es sind Tränen der Überforderung – jede gefüllt mit Geschichten, die ich hinter mir lassen wollte. Wieso sind sie gerade so da, so deutlich? Vielleicht wirkt da auch der Stress vor der Premiere mit? Ich kann das gerade nicht einschätzen.

Ich blicke kurz auf die Sanduhr. Noch zwei Minuten kann ich bleiben. Ich atme ein und atme aus. Die Atemzüge befreien mich dennoch nicht von diesen Gedanken. Noch eine Minute. Ich sollte mein Gesicht kurz abtupfen und dann schnell unter die kalte Dusche springen. Denn die wäscht so vieles weg: Tanze durch deine Ängste hindurch und packe wacker deinen Zipfel (wie es Goethe formulieren würde). Ja, Mutig-Sein ist nichts Einfaches, dennoch rate ich dir, es einfach zu sein, es einfach zu wagen.

Ich betätige den Schaltknopf. Der kalte Wasserstrahl bringt mich zurück in die Dusche, lässt die Realität wieder eintreten, lässt mich im Hier und Jetzt ankommen. Das kalte Wasser zieht sich über meinen Körper, zieht alles mit und hinterlässt eine reinigende Spur. Ich bin froh darüber, dass meine Gedanken nun im Gully sind. Heute soll der Tag nicht weiter mit diesen Gedanken belastet werden. Ich muss mich konzentrieren. In einer knappen Stunde muss ich los, es steht die

Premiere an – zuvor noch einen Happen essen, ansonsten spielt es sich nicht gut.

Nun bin ich auf dem Weg zum Theater. Wir haben gerade die Endprobenwoche hinter uns, das bedeutet, dass wir jeden Tag geprobt haben, soweit ist alles gut am Laufen. In etwa fünfzehn Minuten werde ich beim Theater ankommen. Diese Zeit nutze ich meistens, um den Text zu wiederholen. Ich freue mich schon darauf, wieder im Bühnengeschehen zu sein, dass ich jemand anders sein kann. Jemand anders zu sein, der ich nicht bin.

Weißt du, ich schlüpfe gern in andere Rollen – so ganz mit Kostüm, Maske und (wie in diesem Stück) Cowboy-Stiefeln. Eine Rolle gibt mir kurzzeitig Ferien. Ja, sogar Freiheit, denn ich darf nicht auf der Bühne sein, bloß mein Körper, der zeitweise ein anderes Ich darstellt.

Dort angekommen, begrüße ich die nervöse Truppe und jeder der Mitspielenden beginnt sein Vorbereitungsritual: Zwischen lustigen Stimmaufwärmübungen, Gesichtsmassagen und nervösen Fingerklopfen finde ich mich ein und setze mich an meinen Platz. Mein Outfit liegt etwas unordentlich vor mir und wartet darauf, für die Figur da zu sein.

Wenn ich diese Kleidungsstücke dann Schritt für Schritt anziehe, passiert stets etwas Magisches mit mir. Ich vergesse mich Stück für Stück. Ich lasse meine Vergangenheit, meine Gegenwart und das Zukünftige, das ich schon mit Bestimmtheit weiß, zurück. Jedes Kleidungsstück, das meiner Rolle gehört, lässt mich verschwinden, ich löse mich temporär komplett auf – so, dass ich gar nicht mehr da bin. Ich betrachte mich im Spiegel und sehe, dass Ben, meine Rolle, bereits in den Startlöchern steht.

Einige Zeit später, nachdem sich das Publikum eingefunden hat und sich bereits etwas ungeduldig räuspert, stelle mich an meine Anfangsposition. Das erste Scheinwerferlicht löst mich dann komplett von meinem Körper. Bens Schatten stellt mich in die Dunkelheit. Mein Ich ist vorübergehend in einem Limbus zwischen Existenz und Eden verbarrikadiert. Ein Status meines Seins, der mir erlaubt, komplett auf Null zu fahren. Ben zwingt mich dazu, alles wegzulegen, was ich bin. Hier im Limbus ist es schwarz, nebelig und warm.

Aus der Ferne höre ich, wie die Rolle den ersten Satz spricht. Sie ist nun ich. Die Rolle hat nun die Kontrolle über meinen Körper. Hier in dieser Dunkelheit ist es angenehm. Ich kann hier ruhen. Ich kann hier rasten. Ich sehe zwar meine Gedanken aus weiter Ferne schimmern, aber sie sind schemenhaft über mir und bewegen sich zu langsam, um mich zu erreichen. Falls sie näherkommen, kann ich ganz einfach wegspazieren, die erreichen mich nicht.

Ich muss mich fortwährend bewegen, wie Paolo und Francesca, sodass ich mir sicher sein kann, dass keiner meiner Gedanken mir begegnen wird. Diese Mühe ist jedoch kein Leiden. Es ist der Trieb, der mich vor alledem schützt, der mir, wenn auch nur für eine kurze Zeit, Abstand zu dem Draußen gibt. Ich bin auf einer sicheren Zwischenebene und kann mit Distanz alles betrachten, wenn ich das will. Hier kann ich vor allem weinen, ohne allein zu sein. Hier zu sein gibt mir die Möglichkeit, das zu tun – zwar nur innerlich, aber ich kann hier weinen. Meine Rolle gibt mir Schutz, sie lässt mich auch nicht raus. Es wäre auch nicht sinnträchtig, auf der Bühne zu weinen, wenn es nicht inszeniert ist. Ich habe sozusagen mein Schutzschild errichtet, eine undurchbrechbare Barriere, die mein Sein abschirmt. Somit zieht die erste Träne ihre Bahn. Es fühlt sich befreiend an. Jede fällt schwer zu Boden. Ich fühle mich entlastet. Hier ist mein sicherer Ort.

Kennst du den Spruch: Verschrei etwas nicht. *I just did it*. Und das am Premierentag.

Über mir entsteht mehr Bewegung. Ein lauter werdendes Rauschen, ein nervöses Flimmern, das sich mir nähert. Ich blicke in die Luft. Aus einem mir schleierhaften Grund ziehen jene Erinnerungen, die vorher als glitzernde blaue Nebel über mir standen, nach hier unten. Ich sehe sie näherkommen. Die Nebelschwaden bilden Umrisse und ich kann erkennen, dass sie menschliche Silhouetten annehmen. Die Silhouetten jener Menschen, von denen ich dir berichtet habe. Die Erinnerungen tragen un-heimliche Gesichter. Ich spüre, dass mich mein Magen wegziehen will. Die Gestalten schaudern mich. Ich muss mich schneller fortbewegen, sodass sie mich nicht erreichen.

Ein Schuss fällt. Mein Puls schnellt in die Höhe, jener meiner Figur bleibt ruhig. Im Stück wurde gerade eine der Hauptfiguren beinah ermordet. Nicht einmal so ein Signal holt mich zurück. Ben hat die Kontrolle über meinen Körper. Ich bin hier an diesem Ort gefangen. Dieser Ort, der nun zu einem Käfig wird. Ich ... ich kann ihre blassen Züge erkennen. Sie streifen an mir vorbei, versuchen, mich zu erreichen. Sobald sie mir auch nur minimal begegnen, spüre ich ihre kühlen Berührungen, sodass ich eine Gänsehaut bekomme. Es fühlt sich an wie ein Saugen, das mir Wärme entzieht. Sie schweben an mir vorbei und zischen. Manche von ihnen flüstern meinen Namen, sagen einen Satz oder ein Wort – die Aussagen bohren sich in mein Herz. Ich kann gewisse Wörter klar verstehen.

„Cracknutte."

„Fadenscheinig."

„Umarmen."

„Wohnzimmer."

Stopp, stopp sage ich! Nein, sie sollen sich nicht weiter in mich hineinbohren! Weg, verdammte Beschwörungen dieser Gestalten! Nährt euch von wem anderen! Mein Laufen wird schneller, aber sie lassen sich nicht abschütteln. Sie werden durch meine Aufforderungen, durch meinen Fluchtversuch größer – sie blähen sich auf und werfen mehr Dunkelheit auf mich, sodass ich sie nicht nicht wahrnehmen kann.

Mein Herz schlägt. Nicht nur vor Anstrengung, nein. Ich ertappe mich dabei, wie ich diesen Gespenstern nachtrauere. Was motiviert sie dazu, hier zu sein? Ich weiß es nicht, ich weiß es NICHT! Sie sollten gar nicht hier sein! Das ist mein Platz! Sie sollten sich viel langsamer bewegen, ich bin nicht der schnellste Läufer, aber bis dato bin ich ihnen doch in aller Ruhe entwischt, oder? Ich renne nun. Ich renne um mein Seelenwohl.

Während Ben, meine Rolle, weiterhin vor sich hin motzt und über Warentransporte spricht, fliehe ich vor meinen Gedanken. Die langen Geisterarme strecken sich nach mir aus. Manche zwirbeln sich um meinen Körper, andere versuchen, mir ein Bein zu stellen, und wieder andere fassen nach meinem Herzen. Ich komme zum Sturz. Wie Hyänen fallen sie auf ihr Opfer. Ich spüre die Wärme aus mir entfliehen. Ich höre sie einatmen.

„Bisexuell."

Jeder dieser Züge nimmt sich etwas von mir.

„Schöner Mann."

Sie haben sich schon so viel von mir genommen.

„Blöde."

Ich raffe mich auf und versuche, weiter durch die Dunkelheit zu rennen, um vielleicht noch einen sicheren Winkel ausfindig zu machen. Wieso nehmen sie mir auch noch diesen Ort weg? Das war nicht vereinbart! Ich kann nicht mehr fliehen. Ich kann ihnen nicht entfliehen, sie sind hier unten – mit mir verankert.

Ben spricht immer noch. Was ich schon weiß, er aber erneut erleben wird, er wird sterben. Ja, Figuren in Texten erleben immer wieder das Gleiche. Von Anfang bis zum Schluss, ihr Leben ist determiniert. Ja, Ben wird bald erschossen. So wird es ihm immer ergehen. Mir ebenso. Denn dieser Limbus ist nun verdunkelt, eingenommen von den Schatten meiner Erinnerungen. Die Geister werden mich weiterhin hier heimsuchen. Mich jedes Mal zum Sturz bringen, mir Kraft nehmen und bittersüße Wörter hauchen. Sie haben sich hier eingenistet und saugen wie Parasiten an mir. Im Gegenzug erhalte ich ihre Worte.

„Ich freue mich auf das neue Jahr."

Ich liege auf dem Boden. Zusammengekauert. Ängstlich und verzweifelt.

„Schau. Da."

Ich will das nicht sehen. Wie sie mir das antun! Ich habe euch nicht so in Erinnerung! Das habe ich nicht verdient, sie sollen mir das nicht antun! Ich will sie nicht hier haben!

Geht weg! Geht WEG! GEHT WEG!

„Gut wohnen."

Keiner meiner Befehle scheint sie zu beeindrucken. Das Poltergeistspiel findet kein Ende. Ihr schreitet durch mein Leben, ihr seid in meinen Träumen, aber verdammt, hier habt ihr nichts zu suchen!

„Ich glaube, ich verpasse etwas."

Keine der gespenstischen Mienen verzieht sich. Keine lacht, weder freudig noch angsteinflößend – was sie umso drohender wirken lässt. Sie saugen bloß weiter meine Kraft ein und frischen ihre Spuren auf, die ich so mühsam schwinden ließ, die ich zuschöpfte und abdeckte, um meinen Weg besser gehen zu können. Saugt euch doch selber aus! Nehmt euch, nicht mehr von mir!

Ich gebe meinen Widerstand auf. Es ist zwecklos. Ich kann nicht mehr rennen. Ein Wirbelsturm umgibt mich und lässt mich auf die Knie fallen. Ich höre mein Herz in den Ohren pochen. Ich weiß, dass ich aufgeben muss. Sie sind zu viele. Sie sind zu stark, als dass ich sie loslassen könnte. Jeder hat sich etwas von mir genommen und will noch immer mehr von mir.

Meine Augen werden zu hellblauen Glasmurmeln. Die Spannung schwindet aus meinem Körper und meine Schultern ziehen mich fast zu Boden. Mein Herz fürchtet sich. Ich spüre vorbeiziehende Windstöße, die durch die umherfliegenden Geister entstanden sind. Es zischen ihre Worte durch den Raum, wie Wind, der durch ein enges Gitter bläst. Laut, manche leise, stets auf mich gerichtet, stets bohrend, mitten in mich rein. Die Zahl der kalten Stöße erhöht sich. Wie dünne, eisige Fäden, die alles, sogar die eigene Seele, durchschneiden können. Inzwischen sind es so viele Schnitte, dass ich den Schmerz nicht mehr orten kann.

Plötzlich kommen die Geister zum Stillstand. Zögerlich blicke ich mich um und sehe, wie die Geister einen kleinen Kreis um mich gebildet haben. Ihre weißen, mandelförmigen Augen starren mich an. Manche bewegen ihre Arme und hinterlassen dabei Nebelfäden.

Ein erster deutet mit seiner Hand auf mich. Es folgen weitere. Sie kommunizieren, ohne auch nur ein Wort zu sagen. Ich bin mir nun bewusst, dass sie meinem Seelenwohl ein Ende bereiten wollen.

Einer der Geister bewegt sich in meine Richtung. Ich fürchte mich vor dieser Begegnung. Ich kann nicht erkennen, wer es ist, weil meine Augen so tränenerfüllt sind. Er legt seine kalte Hand auf meine Schulter. Sie fällt durch mich hindurch und hinterlässt Frost, der mein Innerstes erstarren lässt. Ich spüre, wie sich ein weiterer Geist mir nähert. Er will mein Gesicht streicheln. Er setzt an und hinterlässt mit seiner Bewegung einen eiskalten Schnitt in mir. Der lässt mich zu Boden fallen und ich starre in der Dunkelheit nach oben. Ein dritter kniet sich über mich, beugt sich zu meinen Lippen, bereit zum Küssen. Ich blicke den Geist an. Ich kann niemanden in meinen Erinnerungen ausmachen, der dieses Gesicht hat. Vielleicht haben sich viele zu einem verbunden, um diesen letzten Akt der Kälte zu vollziehen? Ja, vollbringt es. Nehmt mir diesen Ort der Hoffnung!

„Blumenvase!"

Dann passiert etwas, das ich nicht erwartet habe. Ben ist mittlerweile seiner Rolle gemäß tot zu Boden gefallen. Er liegt so da, wie ich daliege. Hier, als ich Ben und mich liegen sehe, als ich den ganzen Geistern ins Gesicht schauen kann, erkenne ich mich wieder. Ich starre in die Augen der Geister und erlebe mein Wiedersehen.

There is a bit of me that will always be with you.

Ich kann euch nicht loswerden. Ich werde es nie. Ihr seid ich und ich bin bei euch. Davor sollte ich keine Angst haben. Ihr habt mir erlaubt, mir zu zeigen, was in mir ist, wer in mir ist. Eine Träne rinnt aus meinem Auge. Der Geist beobachtet, wie sie runterkullert. Ein Trieb zieht mich zum Geist und ich küsse ihn. Seine Lippen sind kalt und dieses Gefühl zieht sich über meine Lippen in mein Herz. Dort begegnet es etwas Starkem, das ich nicht näher beschreiben kann. Es erfüllt mich und ich rolle mich von den Geistern weg und stehe auf. Ben steht ebenso auf. Tatsächlich ist jetzt nur noch ein Geist sichtbar. Etwas verhuscht, wimmelt er um mich herum. Sein Hauchen wird kurzzeitig intensiver und lauter.

„Du kannst mich ja mitnehmen."

Aber ich spüre nicht mehr, wie die Wärme aus mir flieht.

„Liebe."

Sie sind ein Teil von mir.

„Bei dir?"

Ich hebe nun die Hände.

„Hallo."

Und verbeuge mich. Ich höre klatschende Hände und mittels eines starken, mich aus dem Traum reißenden Atemzugs gelange ich ins Theater zurück. Ich spüre die Wärme des Scheinwerfers und eine Freudenträne zeigt sich.

Jubel.

Ich kann Jubel wahrnehmen. Ich stehe im Scheinwerferlicht und verbeuge mich ein weiteres Mal. Die Geister fahren aus mir heraus. Sie setzen sich in die Mitte der Zuschauer. Sie dürfen bleiben, wo sie sind. Hier im Publikum oder auch in mir. Ich schaue jedem Einzelnen ins Gesicht. Ich kann sie klar erkennen. Sie strahlen. Es ist eine aufrichtige Mitfreude, die ich in ihren Gesichtern erkennen kann.

Ich zwinkere ihnen zu. Ich kann ihnen tatsächlich zuzwinkern! Und strahle.